桜木桜

ill. 千種みのり

Sakuragisakura Presents
Illust. by Minori Chigusa

「キスなん……よ?」と
挑発する生意気な幼馴染を
わからせてやったら、
予想以上にデレた 2

「背中、自分じゃ拭けないから。
拭いてくれない……？」

「意識してないなら、
これくらい、できるわよね？」

「……やれるものなら、
やってみれば？」

「だ、だめっ……
こ、降参ンン、する、
からぁ……」

「最後ではありません。
始まりです。
これからは永遠に一緒……

そうでしょう?」

CONTENTS

Sakuragisakura
Presents
Illust. by Minori Chigusa

第一章＊ダブルノックアウト編 003
第二章＊らぶらぶコンビネーション編 047
第三章＊いたずら確定編 070
第四章＊浮気調査編 108
第五章＊ジレジレデュエット編 157
第六章＊公衆面前べーゼ編 199
第七章＊駆け落ちデート編 225

「キスなんてできないでしょ？」と挑発する生意気な幼馴染をわからせてやったら、予想以上にデレた2

桜木桜

GA文庫

カバー・口絵　本文イラスト
千種みのり

第一章＊ダブルノックアウト編＊

ある日の夕暮れ時。

俺《おれ》は妖精《ようせい》のような可憐《かれん》な顔立ちの、金髪碧眼《へきがん》の美少女と同じ部屋に、二人きりでいた。

俺も少女もお互いラフな寝間着を着ている。

俺たちは共にベッドの上で座っていて、少女は俺に背を向けていた。

緊張のせいか、俺は表情が強張《こわば》るのを感じた。

「……じゃあ、するぞ」

「……うん」

俺の呼びかけに少女は応じた。

俺は少女の衣服を摑《つか》むと、ゆっくりとたくし上げた。

白磁のように白く滑らかな背中が露《あら》わになっていく。

背中の中ほど、肩甲骨が見えるか見えないかの辺りで俺の手が止まった。

俺の視線の先にはブラジャーのホックと思《おぼ》しきものがあった。

「早く脱がしてよ」

少女は恥ずかしそうに肩を震わせながら、そう言った。

それから俺の方を振り返ると、真《ま》っ赤《か》な顔で、しかし小馬鹿《こばか》にしたように口角を上げた。

「ごめん。……童貞には、外し方、分からないか」

挑発するようにそう言った。

※

時は半日ほど遡《さかのぼ》ること、早朝。

「はぁ……また、あいつの夢か」

俺はベッドから起き上がると、額に手を当てながらそう呟《つぶや》いた。

そして無意識に指で自分の唇に触れる。

柔らかな唇の感触。

夢の中で感じたそれは、妙にリアルに俺の唇に残っているように感じられた。

……実体験に基づく夢だからだろう。

「……パンツ、変えるか」

俺はベッドから立ち上がり、歩こうとして気付く。

「……あれ？」

僅《わず》かに体がグラつくのを感じた。
妙に覚束《おぼつか》ない足。全身の倦怠《けんたい》感。ゾクッとするような寒気。喉《のど》の違和感。
もしかしてと思い、体温を測ると……三十七度五分。
「風邪か……」
俺は何とも言えな気持ちで肩を落とした。
自覚した途端、体調がさらに悪くなるのを感じた。
とはいえ、俺にとって平日に風邪を引いたことはそこまで悪いことではなかった。
なぜなら、罪悪感なしに学校を休めるからだ。
ちょっとラッキーかもしれない。
しかし一つだけ困ったこともある。
「父さんと母さん、いないんだよな……」
今日は二人の結婚記念日だった。
そのため二人で旅行に行っている。
要するに風邪が悪化した際、看病してくれる人がいない。
少し心細いが、弱音を吐けるような年頃ではない。
「……愛梨《あいり》に伝えておくか」
俺は携帯を手に取った。

もちろん、幼馴染に看病してもらおうということではない。

一緒に登校できないことと、ついでに学校に着いたら風邪で休む旨を伝えてもらえないかと頼むためだ。

……愛梨に頼りたくなったとか、あわよくば看病しに来てくれないだろうかとか、そんな期待は全くしていない。

「あー、もしもし……愛梨？」

『……一颯《いぶき》君？　どうしたの？』

すぐに電話に出てきた愛梨の声は……どういうわけか、僅かに掠《かす》れていた。

朝だからだろうか？　と俺は内心で首を傾《かし》げながらも、早々に本題に移る。

「実は風邪を拗《こじ》らせてな。先生に今日は休むと伝えてくれないか？」

『えっ……一颯君も？』

「……愛梨も？」

『うん。私も風邪……げほっ』

愛梨は携帯の向こう側で少し苦しそうに咳《せ》き込んだ。

どうやら二人揃《そろ》って風邪を引いてしまったらしい。

それに気付いた俺の脳裏に、二日ほど前の出来事が駆け巡った。

雨の中。ずぶ濡《ぬ》れ。深夜の公園。

……そして接吻。

もはや原因はそれしかなかった。

『一颯君、一人だよね？　……大丈夫？』

「うん、まあ……風邪薬と食べ物は多少あるから……」

俺はそう言いながらも心細くなるのを感じた。

頼みの綱の幼馴染《おさななじみ》までもが風邪になってしまったこと、病気の身で留守番をしなければならない。

……もちろん、「お見舞いに来てくれたら嬉《うれ》しいなぁ」程度の気持ちであって、最初から愛梨に看病してもらいたいなどとは思っていなかったが。

『あのさ、一颯君が良ければだけれど……うちに来る？』

幼馴染からの思わぬ魅力的な提案に、俺は抗《あらが》えなかった。

※

神代《かみしろ》家のリビングにて……

「うーん、まあ、風邪だね」

「……ですよね」

俺の喉の様子を簡単に診察してから、愛梨の父はそう言った。

俺は苦笑いを浮かべる。

「症状に合わせて薬を飲んで……後はしっかりと水分と睡眠を取ること……まあ、一颯君には言うまでもないか」

愛梨の父の言葉に俺は頷《うなず》いた。

しかしどうにも愛梨の父は、俺に対して過大評価気味な気がする。

低いよりはいいが、隣の家の息子よりも自分の家の娘への評価を上げてやった方が良いのではないか。

などと、もちろん言ったりしないが。

「しかし二人揃って風邪を引くとはねぇ……」

「雨に濡《ぬ》れるからそうなるのよ」

呆《あき》れた様子で愛梨の父と母は、俺と愛梨に小言を言った。

俺たちは揃って目を逸《そ》らした。

普段ならば「少し体を濡らしたくらいで風邪を引いたりしない」と主張するところではあるが、実際に風邪を引いてしまった手前、反論できなかった。

「……もしかして、キスでもした？」

揶揄《からか》うような愛梨の母の言葉に、心臓がドキっと跳ねる。

俺は顔がカーッと熱くなるのを感じた。

「だ、だから何⁉　か、関係ないでしょ‼」

「お、おい、愛梨……」

顔を真っ赤にして抗議の声を上げる愛梨を、俺は慌てて諫《いさ》める。

しかしもう遅い。

「し、してない。……するわけ、ないでしょ」

墓穴を掘ったことを自覚したのか、愛梨は小さな声で顔を俯《うつむ》かせながらそう言った。

そんな愛梨の様子に、愛梨の母は目を丸くさせた。

「あらあら……冗談だったのだけれど……ふふっ……」

若いっていいわねぇ。

などと、愛梨の母は愉快そうに笑った。

愛梨はそんな自分の母親を無言で睨《にら》みつけた。

「あー、こほん。……とりあえず、二人でなら留守番はできると考えていいかな？」

愛梨の父は話を打ち切るようにそう言った。

愛梨の母も続ける。

「二人でなら、大丈夫よね？　もう、高校生だし。そう簡単に病院、空けられないから」

愛梨の母は看護師であり、夫と共に働いている。

自営業だからこそ、そう簡単に休むことはできない。

愛梨の父と母の問いに対し、俺と愛梨は揃って頷いた。

風邪を引いて一人で留守番をするなら少し心細く思うことはあるかもしれないが……

しかし二人でならば、そのようなことはない。

「さて、とりあえず一颯君が寝るための布団《ふとん》を出そうかしら……」

「え、い、いや、そこまでしてもらう必要は……」

「寝なきゃ治らないでしょ」

遠慮しようとする俺を、愛梨の母は一刀両断した。

それからニヤっと笑みを浮かべる。

「……もしかして、愛梨と一緒に寝たかった？」

「なっ……」

「ダメよ、そんなのー」

ケラケラと楽しそうに愛梨の母は笑った。

俺は反論しようとしたが、風邪を引いているせいか頭が上手《うま》く働かなかった。

「……はい、もう、いいです。それで」

そして何よりも疲労と眠気が強かった。もうどこでもいいので休みたい。

「そう。じゃあ、一颯君の意を汲《く》んで布団は愛梨の部屋に敷こうかしら」

「ええ、もうご自由に……え？」

「ちょっと、ママ！　何考えてるの!!」

俺よりも先に愛梨が抗議の声を上げた。

いくら幼馴染同士とはいえ、同じ部屋で寝かせられるのはさすがに嫌だということか。

「仕方がないじゃない。そこ以外に部屋がないし」

「リビングでも、ダイニングでもいいじゃない！」

「でもねー、一颯君には悪いけど……ほら、あまり病気の人をね？　そういうところで寝かせたりするのは感染予防的には良くないから」

確かに他の家族も使用する部屋で病人を寝かすのは防疫の観点からは良くない。

一つの部屋にまとめた方がウイルスは広がらないし、看病もしやすいだろう。

もっとも、単に俺と愛梨を揶揄っている、囃《はや》したてているだけにも聞こえたが。

「で、でも……その、一颯君は男の子で……」

「大丈夫よ。一颯君なら……ねぇ？」

「……ええ、まあ。僕の気が休まるかどうかは分かりませんが……」

否定する元気もなかった俺は脱力した表情でそう答えた。

すると愛梨は俺を睨んできた。あんたも反論しなさいよ、そんなことを言いたいのだろう。

俺は愛梨に目配せしてから、軽く肩を竦《すく》めた。

もう諦《あきら》めろ……疲れるだけだぞ。

「それにしても愛梨がそんなことを気にするなんてねぇ……」

「き、気にするに決まってるじゃん！」

「昔は一緒にお風呂《ふろ》に入ってたのに……これが成長なのかしら」

「そ、そんなことで成長を実感しないで！　げほっ、げほっ……」

「風邪を引いているんだから、もうちょっと安静にしなさい」

「だ、誰《だれ》のせいだと思っているの……」

掠れた声で愛梨は自分の母親を睨んだ。

一方で愛梨の母は小さく肩を竦める。

「……キスまでした仲なのに、今更じゃないかしらね？」

「し、してないし……」

母親の言葉に愛梨はそう否定しつつも、顔を俯かせ、黙ってしまった。

茹蛸《ゆでだこ》のように顔が赤く染まっているのは、間違いなく風邪のせいだけではないだろう。

さて、愛梨が黙ったことをいいことに愛梨の母はどこからともなく布団を持ってくると……

愛梨の部屋に敷いてしまった。

「じゃあ、二人とも。安静にしているのよ。……さあ、行きましょう」

「ああ」

今まで苦笑しながらも黙っていた愛梨の父は、大きく頷いた。

そして何気ない様子で俺の肩に手を置いた。

ギュッ……と強く握りしめられる。

「では、一颯君。愛梨をよろしく頼むよ」

「はい」

「……私は君を心の底から信頼しているからね？」

……何だろう。圧を感じる。

「は、はい」

俺は何度も首を縦に振った。

※

「同じ部屋なんて……全く、何を考えているんだか。ねぇ？　一颯君？」

「……そうだな」

思ったよりも気怠《けだる》い声が出てしまった。

それが癪《しゃく》に障ったのか、愛梨は僅かに表情を歪《ゆが》めた。

「そう言えば、一颯君。あまり嫌そうじゃなかったね。……何？　もしかして、私と一緒に寝たかった？　寂《さび》しがり屋だなぁー」

　そしてニヤニヤと笑みを浮かべて、挑発してきた。

　俺は面倒だと思う気持ちを抑えながら反論する。

「別にそんなんじゃない」

「またまた、無理しちゃってー」

「無理に抵抗しても疲れるだけだ。それに……気にし過ぎるのも、どうかなと思ってな」

　同じ部屋でただ寝るだけだ。

　少なくとも俺は愛梨に何かをするつもりはないし、その元気もない。

　愛梨も同じはずだ。

「別に気にし過ぎとかじゃないし。……私は、ほら、か弱い女の子だから。一颯君みたいなエロガキと同じ部屋にいるのは危ないかなぁと」

　愛梨はわざとらしく自分の体を抱きしめながら言った。

　普段なら誰がエロガキだと、そう考えるお前こそエロガキだと言い返すところだが……そうする気力は今の俺にはなかった。

「はぁ……」

　思ったよりも疲れた声が出てしまった。

　すると愛梨は面白《おもしろ》くなさそうに表情を歪めた。

「……何、その態度」

おそらく愛梨が期待していたような反応ではなかったのだろう。

しかし俺はもう、愛梨の相手をする気力なかった。

「別に。俺は正直、もう怠《だる》いから寝る」

俺はそう宣言すると愛梨に対して背を向け、毛布を被《かぶ》った。

その後も愛梨は俺にうじうじと何かを言い続けたが、俺は「もう寝かせてくれ」とだけ答えて、相手にしなかった。

次第に愛梨も諦めたのか、それとも寝てしまったのか、静かになった。

やがて俺の意識は暗闇《くらやみ》に落ちていった。

そして……

※

「寒くなってきた……」

一颯君が「もう寝かせてくれ」とだけ言って、黙ってしまってからしばらく。

暇に耐えかねた私は声を上げた。

でも、私の声に誰も答えてくれない。

私は寝返りを打ち、一颯君の方を向いた。

「寒いなぁ……」

もう一度、今度は少し大きな声で言ってみた。

しかし一颯君は「大丈夫？」とも「うるさい」とも言ってくれない。

「……一颯君？」

名前を呼ぶ。反応はない。

「……寝ちゃった？」

もう一度、尋ねる。身動ぎ一つしない。

「……もうちょっと相手してくれててもいいじゃん」

私は嫌な気持ちになった。

今日は朝から、一颯君が家に来てからずっと、嫌な気分だ。

親と口論になった時、一颯君は味方になってくれなかった。

怠い怠いと言うばかりで、全然、会話もしてくれない。

同じ部屋にいるのに、自分は意識しているのに、興味のなさそうな態度ばかり取る。

全然、こちらの体調を気遣ってくれない。

私は一颯君に対する不満を少しずつ頭の中で羅列していく。

段々と不満が怒りへと変わっていくのを私は感じた。

こんなはずじゃなかったのに。
一颯君が泊まりに来てくれるから、ちょっとワクワクしていたのに。
一颯君とどんなことをして遊ぼうかなって……思ってたのに。
にも関《かか》わらず、一颯君は私の相手を全然してくれず、勝手に寝てしまった。
……悪いのは私だって、分かってる。
確かに一颯君は私よりもテンションが低かったし、顔色も良くなかった。
風邪の割に元気の良い私が、勝手に変な期待をしていたのが悪いのだ。
「でも、そこまで冷たくあしらわなくても……いいじゃん」
いくら私が身勝手で、全部悪いと言っても、そんなに邪険にされたら……
傷つく。
「……本当に寒くなってきちゃった」
気が付くと私自身も体調の悪化を感じ始めていた。
体の奥から湧《わ》き上がるような悪寒がしてきたのだ。
暖房の設定温度を上げてみるが、しかしあまり効果は感じられない。
外じゃなくて、内側が寒い。
「……寒い」
ふと、私は思い出した。

〝あの日〟のことを。

一颯君の体の温《ぬく》もりと、背徳的な唇の感触を。

「……別にいいよね？　どうせ、起きないし」

私はそっと立ち上がると……

一颯君のところまで歩き、その毛布を軽く持ち上げた。

布団の中に入り込み、一颯君の背中に自分の体を寄せる。

「……温かい」

一颯君の体はとても温かかった。

温もりを求め、距離と接触面積を縮めていく。

そして気が付くと私は一颯の背中に抱き着いていた。

しかしそれでも一颯君は起きない。

どんだけ鈍いのだと私は内心で呆れつつも、段々と感じてきた眠気に従い、そっと瞼《まぶた》を閉じた。

私は意識がゆっくりと沈んでいくのを感じた。

※

「あ、暑い……」

息苦しく感じるほどの外気温。

じめじめとした湿度。

拭えど拭えど汗は吹き出し……

喉はカラカラに渇く。

「なぜ、俺はこんなところに……」

俺はサウナの中にいた。

理由は……よく分からない。

しかし今、俺がとてつもない暑さを感じ、そして汗に濡れていることだけは間違いなかった。

「ほら、頑張れ！　頑張れ！　い・ぶ・き・君!!」

そしてサウナに耐える俺の隣には、可愛《かわい》らしい女の子が座っていた。

バスタオル一枚だけに身を包んだ美しい金髪少女……愛梨だ。

愛梨はガッシリと、俺の右腕に抱き着いていた。

「は、離れてくれないか？」

その余《あま》りにも〝目に毒〟な光景に俺は思わず視線を逸らす。

しかし愛梨はますます調子づき、ニヤニヤと笑みを浮かべた。

「あれぇー、どうしたの？　一颯君」

愛梨はそう言いながら俺との距離を詰め、体と体を密着させた。

愛梨の柔らかな肢体と、その体温が体に伝わってくる。

「お、おい……離れろ！」

「幼馴染に抱きしめられて……もしかして、動揺しちゃうの？」

「あ、暑いんだよ！　早く、離れろ！　そもそもお前、風邪を引いているはずじゃ……」

どうしてサウナにいるんだ！

と、俺は怒鳴り……そして気付く。

自分も風邪を引いているはずだ。

そして愛梨の部屋で寝泊まりすることになったはず。

サウナにいるのはおかしい。

では、なぜ俺と愛梨はサウナに？

「……そうか、夢か」

そう自覚した途端、俺は意識が急速に冴《さ》えていくのを感じた。

※

「あ、あっつい……」

夢から覚めた俺はゆっくりと瞼を開いた。

目に映るのはサウナではない、見知った愛梨の部屋の天井《てんじょう》。

しかしとんでもない暑さと、自分が汗に濡れていることは夢の中と同じ。

そして……

「んっ……一颯君……」

俺の体をガッシリとホールドする幼馴染もまた、夢の中と同じ。

柔らかい肢体の感触も同じだ。

……こいつ、俺の布団の中に忍び込んできたのか？　そりゃあ、暑いはずだ。

「おい、愛梨！　起きろ……！」

「だ、だから……ダメだって……そ、そんな、ところ……」

「……起きろ、それは夢だ」

俺は愛梨の身体を強引《ごういん》に引き剝《は》がそうとする。

すると愛梨はますます両手に力を入れ、まるでコアラのように俺に抱き着いてきた。

「うぅ……んっ……」

そしてゆっくりと薄目を明けた。

目と目が合う。

しばらくボーっとしていた愛梨だったが、突然その青い目を大きく見開いた。

そして叫ぶ。

「い、一颯君……⁉　ちょ、な、何で私のベッドに……」

「それはこっちの台詞《せりふ》だ」

俺が呆れた表情でそう言うと、愛梨はガバっと起き上がった。

そして辺りを見渡し、納得の表情を浮かべた。

「あ、あぁ……そ、そう言えば……」

勝手に納得した愛梨だが、俺は納得していない。

愛梨が俺の布団の中に潜り込んだ経緯を知らないからだ。

「……どうして俺の布団の中に入ってたんだ？」

俺はそう言いながら自然と口角が上がるのを感じた。

理由の検討はついている。

きっと、寂しくなったのだろう。

愛梨は気が強いように見せかけて、そのメンタルは弱々だ。

辛《つら》い風邪症状の中、寂しくなって人肌の温もりを求めてきた……と、そんなことだろうと
俺は考えていた。

「そ、それは……さ、寒かったからで、別に……そ、それにしても、暑いわね」

愛梨は俺から目を逸らしながら、誤魔化《ごまか》すようにパジャマの襟元《えりもと》を摑み、ばたつかせた。

俺はとっさに視線を逸らす。

僅かにできた隙間《すきま》から、白い清楚《せいそ》な下着が見えたからだ。

全く、無防備なやつだ。

例え嘘《うそ》であっても「エロガキと同じ部屋にいるのは危険」だのと言うなら、相応の警戒心を見せて欲しいものだ。

「誰のせいだと思っているんだ。お前のせいで汗まみれだよ」

暑い暑いとぼやく愛梨に俺はそう言った。

特に愛梨が抱き着いていた、体の右半身は汗でびしょびしょに濡れていた。

肌に貼《は》りついたシャツを軽く引っ張る。

ふんわりと自分の体臭に混じり……愛梨の〝匂《にお》い〟がした。

女の子と汗とシャンプーの香りが混じった、ちょっぴり甘酸っぱい香りだ。

「そ、そうね……お互い、汗が……酷《ひど》いわね」

愛梨もまた自分の胸元《むなもと》の匂いを嗅ぎ、赤面していた。

あちらはあちらで、俺の汗が染み付いているのだろう。

「……」

「……」

何となく気まずい空気になった。

淀んだ部屋の空気が悪いと感じた俺は立ち上がり、窓を指さした。

「……窓、開けていいか？」

「う、うん……」

愛梨の許可を取り、俺は窓を開けた。

冷たい空気が部屋の中に満ち、火照《ほて》った体を心地よく冷やしてくれた。

「……汗、拭かない？　風邪引くと困るし」

「そうだな」

愛梨の提案に俺は頷いた。

今は心地よさを感じる程度だが、濡れた体をそのままにするのは良くない。

何より自分の体から幼馴染の匂いがするのは、落ち着かない。

とりあえず、汗を拭こう。そうと決まれば話は早い。

俺たちは電子レンジを使って濡れタオルを作り、それで汗を拭くことにした。

しかし汗を拭き取っても、自分の体から仄《ほの》かに漂う〝愛梨の香り〟は薄まらなかった。

衣服の方にも染み付いているからだろう。

しかし同じ汗なのにどうしてこんなに違うのだろうか……？

香水か？　シャンプーか？

それともフェロモン的な何かなのだろうか？

俺はそんなことを考えながら、ふと愛梨の方を見た。

愛梨もまた、自分のベッドの上で俺と同様に汗を拭いていた。

パジャマのボタンを少し外し、服を僅かに捲《めく》り上げ、タオルを衣服と体の隙間に捻《ね》じ込んでいる。

愛梨が手を動かすたびに、汗に濡れて僅かに紅潮した白い素肌がチラチラと目に映る。

緩んだ胸元から見える下着の色は清楚な白だ。

「……ん？」

ま、まずい……！

まじまじと眺めていると、愛梨と目が合ってしまった。

俺は慌てて目を逸らしたが……しかしもう遅い。

気が付くと愛梨は俺の側にまでにじり寄っていた。

幸いにも怒っているわけではなく、むしろ機嫌良さそうにニマニマと笑みを浮かべている。

「ねぇ……一颯君。何を見てたの？」

「……別に、なにも」

「別にということはないでしょ？　ほら、こっち見てよ」

愛梨はそう言いながら俺の服を引っ張った。

俺は愛梨の方に顔を向けることも、何か言うこともできなかった。

そんな俺の態度に気を良くしたのか、愛梨は饒舌《じょうぜつ》に話し始めた。

「やっぱり、私のこと、意識しちゃった？　まあ、無理もないよね。私、こんなに可愛いし、美人だし。こんな美人が汗拭いてたら、思わず見ちゃうよね。大丈夫、一颯君。私は別に気にしたりしないから」

「……別に意識してない」

「じゃあ、何を凝視してたの？　ほら、答えてみなよ」

「別に凝視してない！　とっとと、汗を拭いて寝ろよ」

怒鳴るつもりはなかったが、結果的に大きな声が出てしまった。

愛梨はビクっと体を震わせた。

怯《おび》えさせてしまったかと、俺は後悔する。

「ふーん……そういう態度、取るんだ」

しかし怯えた表情を見せたのは一瞬だけ。

そしてニヤっといつもの挑発的な笑みを見せた。

「そうだ、一颯君。頼みたいこと、あるんだけど」

「……頼みたいこと？」

怯えさせてしまった負い目もあったせいか俺は、愛梨の言葉に応《こた》えてしまう。

そんな俺に愛梨はにんまりと笑みを浮かべ、指で自分の後ろを指して見せた。

「背中、自分じゃ拭けないから。拭いてくれない……？」

「……え？」

「意識してないなら、これくらい、できるわよね？」

「は、はぁ……？　何を馬鹿《ばか》なことを……」

俺は自分の声が僅かに震えるのを感じた。

汗に濡れる愛梨の白い背中を脳裏に浮かべてしまったからだ。

そんな俺の動揺は愛梨に見破られてしまったらしい。

「ふーん……やっぱり、できないんだ？」

愛梨は満足気な表情を浮かべた。

その生意気な態度に苛立つ俺を尻目《しりめ》に、愛梨は尚《なお》も得意気な表情で続けた。

「幼馴染が、困ってるのに。ちょっと、背中を拭くくらいもできないんだ。あぁ、大丈夫。気に病まなくてもいいわ。思春期真っ盛りの一颯君には……ちょっと刺激が強すぎちゃうものね？」

この女……！

言わせておけば調子に乗って……少しわからせてやろう。

「……いいよ、分かった」

「……え？」

「だから、拭いてやるよ」

俺がそう言ってにじり寄ると、愛梨は驚いた様子で目を見開いた。

それから目を泳がせ、逃げるように後退《あとずさ》りした。

「い、いや……別に、無理しなくてもいいから」

「別に無理でも何でもない。ただ、拭くだけの話だろ？　それとも……何だ？　気にしているのか？　俺は全く気にならないが……ふふっ……」

やはり上っ面だけの挑発で、肌を晒《さら》すような覚悟はなかったようだ。

勝利を確信した俺は、愛梨を嘲笑《あざわら》った。

愛梨は一瞬だけ悔しそうな表情を浮かべるも、すぐに小さな笑みを浮かべた。

「……まさか。じゃあ、拭いて貰《もら》おうかな」

そして俺に背中を向けてそう言った。

愛梨の思わぬ行動に俺が唖然《あぜん》としていると、愛梨はこちらを振り向き、赤らんだ顔で笑みを浮かべた。

「ほら、早くしてよ」

「あ、あぁ……もちろん」

拭いてやる。そう言ってしまった以上、今更引くわけにはいかなかった。

ただ背中をタオルで拭くだけ、大したことじゃない。

俺は頭の中でそう念じながら、愛梨から受け取ったタオルを持って身構えた。

目の前には寝間着に隠れた愛梨の華奢《きゃしゃ》な背中があった。

やはり愛梨も汗をたくさん掻《か》いたのか、生地の色が変わる程度に汗で濡れている。

この下に白い素肌が隠れているのだと考えるだけで、俺は頭が逆上《のぼ》せるのを感じた。

「ほ、ほら、早く拭いてよ……何をグズグズしてるの？」

タオルを手に持ったまま固まっていると、愛梨に急かされてしまった。

我に返った俺は慌てて反論する。

「い、いや……それはこっちの台詞だ。捲ってくれないと拭けないだろ？」

「自分じゃ首元まで捲れないじゃない。そ、それとも……ぬ、脱いだ方がやりやすい？　それなら脱ぐわ……⁉」

愛梨はそう言いながらボタンに手を掛け、外し始めた。

俺は慌てて止めようとする。

「そ、そこまでしなくていい！」

「もう外しちゃったから……早くしてよ」

愛梨はそう言うとピンと姿勢を正した。

もう後には引けない。俺は覚悟を決めた。

「……じゃあ、するぞ」

「……うん」

俺は愛梨の寝間着を掴むと、下へと引っ張った。

華奢な肩が姿を現すと同時に。ムワっと愛梨の汗の匂いが漂ってきた。

さらに寝間着を後ろに引っ張るようにして、袖《そで》から愛梨の細い腕を抜き取り、体から引き剝がす。

汗に濡れ、汗が真珠のように光る愛梨の白い肌が姿を現した。

……落ち着け、ただの背中だ。気にする方がおかしい。

俺はそう念じるも、愛梨の背中の上にある白い布生地に目を奪われてしまった。

布生地の中心部に金属製の金具が取り付けられている。

ブラジャーのホックだ。

存在は知っていたが、間近で見るのは初めてだった。

認識した途端、頭が真っ白になった。

「早く外してよ」

そう言われても、俺はどうすれば良いのか分からなかった。

本当に外していいのだろうか？　そもそもどうやって外すのだろうか？

俺が迷っていると、愛梨はゆっくりとこちらを振り返った。

その顔には嘲《あざけ》りの表情があった。

「ごめん。……童貞には、外し方、分からないか」

俺は頭に血が上るのを感じた。

※

い、今、絶対、汗の匂い、ムワっとした……！

ぬ、濡れ濡れの背中、見られてる……せ、背中、変な出来物とかないよね？

そ、そう言えば下着……ど、どうしよう？　わ、忘れてた。

は、外してもらわないとダメ？　でも、それって、前が丸見えで……べ、別に見られないし、見せないけど！

と、というか、何？　さっきから、一颯君、何もしてないけど……私の背中、凝視しないでよ！

「早くしてよ」

恥ずかしいからジロジロ見ないで。

そう思いを込めながら私は一颯君にそう言った。

それから一颯君の方を振り向いてから、小さく鼻で笑った。

「ごめん。……童貞には、外し方、分からないか」

私はそう言いながらも、自分の声が震えるのを感じた。

頭が沸騰しそうになるほど、恥ずかしかった。

だって幼馴染とはいえ、異性に汗まみれの背中と下着を見られているのだ。

でも、一颯君に私が恥ずかしいと思っているなんて、気にしているなんて思われたくなかった。

「は、はぁ……!? な、何を……は、外す必要はないだろ？」

一颯君は私の想像通りの反応をした。

露骨に声が震えている。否、声だけではない。

その手が、私の寝間着を摑んでいる手が、プルプルと震えていることが分かった。

私は少しだけ安心した。

「外した方がやりやすいかなと。うん、でも、大丈夫。一颯君、外せないものね。仕方がないわ。……別に気にする必要はないわよ？　誰だって最初はそうだもの。もっとも、一颯君の人生にはもしかしたら……永遠に必要のない技術かもしれないけどね？」

気が付くと恥ずかしさは引いていた。

むしろ誇らしい、得意気な気持ちになっていた。

幼馴染をやり込んでやったのだと。しかしこの煽《あお》りは逆効果だった。

「あ、あぁ⁉　いいよ、分かったよ。外してやるよ！」

ムキになったのか、一颯君は怒鳴り声を上げた。

一颯君の手が背中に、そしてブラジャーに触れる。

「……っ⁉」

ドクっと、私は心臓が跳ねるのを感じた。

お、落ち着きなさい……私。

一颯君が外せるわけないし、仮にできたとしても手間取るはずだ。

だから一颯君が手間取ったその時、また煽って……。

カチッ。

小さな音がした。

「……え？」

するすると、下着が下へと下ろされ、そして抜き取られる。

私の頭は真っ白になった。

※

カチッ。

と、そんな小さな音がしてホックが外れた。
よ、よし……！
俺は肩紐《ひも》に指を引《ひ》っ掻け、肩から外した。
そのまま一気に下へと下ろし、抜き取ってしまう。
「ほら、外したぞ」
俺は得意気な気持ちになりながら愛梨にそう言った。
初めてながらスムーズにできたと自画自賛する。
これなら馬鹿にすることはできないだろう。
きっと、悔しそうな顔をするに違いない。それとも負け惜しみでも言うのだろうか？
しかし愛梨の反応は俺が期待・予想していたものとは異なるものだった。
「か、返して……」
小さく、か細い声だった。
そして愛梨は両手で胸を隠しながら、顔だけを振り向かせた。
その表情は酷く恥ずかしそうで、今にも泣き出しそうに見えた。
「……お、お願い」
愛梨の言葉に俺はハッとした。
今、自分は何を持っている？　……愛梨の下着だ！

俺は自分の顔が酷く熱くなるのを感じた。

「あ、あぁ⁉」

半分混乱しながら俺は愛梨に下着を突き出した。

愛梨は小さな手でそれを受け取ると、ギュッと握りしめ、それから胸の前で抱えた。

「い、一颯君……」

「な、何だよ⁉」

外せと言ったのはお前だろ？

と、俺が反論する前に愛梨は言った。

「早く、拭いてよ……」

「え？　あ、わ、悪い……」

俺は慌てて愛梨の背中にタオルを押し当てた。

白い背中に浮かぶ汗を拭っていく。

「……変なところとかは、ないか？」

気まずさを誤魔化すために俺は愛梨にそう尋ねる。

「……そうね」

両手で胸を隠しながら、愛梨は小さくそう答えた。

そしてしばらくの沈黙の後。

「外してとはいったけど、取っていいとまでは言ってないでしょ？　……そんなに欲しかったの？」

「そ、それは……！」

「外せ」と言われたら、ホックまでではなく、下着そのものだろう。

少なくとも俺はそういう意味で愛梨の言葉を捉《とら》えた。

「悪かった」

しかし反論はせず、俺は素直に謝罪した。

あんな顔を見せられてしまった以上、愛梨と言い争う気分にはなれなかった。

これ以上、愛梨を傷つけ泣かせてしまうようなことは避けたかった。

「ふ、ふーん……認めるんだ」

俺があっさり引き下がったのは愛梨にとっては想定外だったらしい。

愛梨は戸惑いの表情を見せた。

「やっぱり一颯君は私に興味津々のエロガキってことでいい？」

そして妙に食い下がってくる。

普段の俺であれば「そんなわけないだろ！」と否定してしまうところだが……

先ほどの愛梨に泣きそうな顔に、すっかり頭が冷めてしまったせいか、そういう気分にはなれなかった。

「うん、まあ、それでいいよ」

「え、えぇ……？」

愛梨は困惑の声を上げた。

同時に愛梨の体が僅かに強張るのを感じる。

「え、えっと……そ、その、素直に認められても、こ、困るというか……私は別に……」

「終わったぞ。服、着ろよ」

俺はそう言うと愛梨の肩に先ほど脱がした寝間着を掛けた。

愛梨は不服そうな表情を浮かべながら寝間着に袖を通す。

「そ、そう……ありが……ちょ、ちょっと⁉　な、何をしてるの⁉」

愛梨は顔を真っ赤にしながら叫んだ。

俺は服を脱ぎながら眉《まゆ》を顰《ひそ》めた。

「一々、叫ぶなよ」

「さ、叫ぶわよ！　な、何で、ふ、服を脱ぐの……⁉」

自分の手で視界を塞《ふさ》ぎながら愛梨は俺に尋ねた。

プールの時は興味津々で見てきたくせに、今日は妙にしおらしい。

「いや、汗で濡れてるから着替えようと思って……」

「ぬ、脱ぐなら脱ぐって言ってよ⁉　び、びっくりするでしょ‼」

「大袈裟《おおげさ》なやつだな……ああ、そうだ」

服を脱ぎ、上半身裸になった俺は自分のタオルを一枚手に取った。

そして愛梨との距離を詰めた。

「な、何⁉　ちょ、ちょっと……や、やめてよ……わ、私は、その、そんなんじゃ……」

「せっかくだし、拭いてくれ」

何かを勘違いしている様子の愛梨の手のひらに、俺はタオルを置いた。

一方で愛梨はタオルと俺を交互に見る。

「背中、拭いてくれ。……嫌か？」

「あ、当たり前じゃない！　い、一颯君の……あ、汗なんて……」

愛梨はそこまで言いかけてから黙り込み、視線を泳がせた。

そしてしばらくの沈黙の後、答えた。

「ま、まあ、いいわ。してあげる。……やってもらったわけだしね」

「そうか。じゃあ、頼む」

俺は愛梨に背中を向けた。

ぴしゃりと少し冷たくなったタオルが背中に触れる感触がした。

※

焦《あせ》った……てっきり、お、襲われちゃうかと……。

一颯君が背を向けると同時に私はホッと息をついた。

冷静に考えれば一颯君がそんなことをするはずがない。

薄い本の読み過ぎだ。

私は少しだけ反省し、それからあらためて幼馴染の背中を見た。

大きくて広い背中だ。

そして意外に肌は白く、綺麗《きれい》だ。

自分のように何か気を付けているわけではないはずだ。

……なんか、ムカつく。

私は小さな嫉妬《しっと》を抱きながら、一颯君の背中にタオルを押し当てた。

硬くて、ゴツゴツしている。

タオル越しであっても、とても男性らしい体つきをしていることがはっきりと分かった。

試しに素手でも触ってみる。

先ほどよりもはっきりと、筋肉の硬さと動き、そしてそれが生み出す熱が分かった。

小学生の頃はヒョロヒョロだったくせに。

昔よりもずっと、男の子になっていることにあらためて驚いてしまう。

そ、そりゃあ……私の胸が大きくなった分、一颯君もいろいろ成長しているだろうけれど……。

そこまで考えた私は思わず生唾を飲んだ。

蘇《よみがえ》る記憶は……小学生の頃、一緒にお風呂に入った時の情景だ。

あの頃の彼はいろいろと小さかった。

意外に可愛らしい物だと思ったことを覚えている。

しかし今はどうだろうか？

女の子のようにひょろひょろだった後ろ姿が、これだけ逞《たくま》しくなっているのだ。

もしかしたら彼のアレも相応に……などと妄想した時のことだった。

「あのさ、愛梨」

「っきゃ、な、何⁉」

「素手でベタベタ触るなよ……」

「え？　あ、こ、これは……うわっ、ば、バッチイ……」

私は叫びながらベッドのシーツに一颯君の汗を擦《なす》り付《つ》けた。

上手く誤魔化せたかな……？

一颯君の表情を窺《うかが》う。

「お、お前……自分で触ったくせに……」

一颯君は何とも言えない表情をしていた。

……さすがに汗を汚い扱いされれば傷つくか。

私は申し訳ない気持ちになったが、今更「そんなに嫌じゃない」などとは言えない。

変態だと思われたくない。

「も、文句あんの⁉」

「いや、ないけど……」

一颯君は何か言いたそうな表情を浮かべながらも……正面を向いた。

私はホッと息をついた。

危ないところだった。危うく、私が筋肉フェチだってバレるところだった。

まさか、幼馴染の筋肉に欲情しているなどと……その幼馴染当人にバレるわけにはいかない。

「……終わったわ」

丁寧に拭いてから私は一颯君にそう言った。

「そうか」

一颯君は短くそう答えると、自分の鞄《かばん》から寝間着を取り出し、袖を通した。

そして私に言った。

「お前も着替えた方がいいんじゃないか？」

「そうね。……これから着替えるわ」

「そうか」

「……」

「……着替えないのか？」

「……あのさ」

私は思わず眉を顰めた。

わざわざ言わないと分からないの？

「あなたが出て行ってくれないと、着替えられないでしょ？」

「え？　あ、あぁ……！　そ、そうだな!!」

私の言葉に一颯君は慌てた様子で鞄を手にしながら、部屋を飛び出した。

ドアが閉まったことを確認してから、私はクローゼットから新しい寝間着を取り出した。

ついでに下着も替えようかな？

ビショビショになっちゃったし。

「……入ってきていいわ」

着替え終えてから、私はドアに向むかってそう言った。

「……ああ」

一颯君は短くそう答えると部屋に入ってきた。

いつの間にか、寝間着のズボンも新しい物に変わっていた。

……私が言わなかったら、この部屋でパンツになるつもりだったのかしら？

私はムカムカとした物が込み上げてくるのを感じた。

私はこんなに意識しているのに、こいつはやっぱり意識してないのか……

「昼だけど……開けていいって言われてるレトルトを開けようと思っているんだが、いいかな？」

私のモヤモヤを知ってか知らずか、一颯君は食事の話を始めた。

私は少し考えてから首を横に振った。

「できればちゃんとした物を食べたい気分。一颯君は食欲、ある？」

もっとも、食事の話をしたのは一颯君だから聞くまでもないかもしれない。

朝は食事どころではなさそうだが、今は元気そうに見える。

「まあ、そこそこ……かな」

「そう、なら何か簡単な物を作りましょう。手伝ってくれる？」

「分かった。……でも大したことはできないぞ？」

「大した物を作るつもりはないから。それと……一つ、聞きたいのだけれど、いいかしら？」

「何だ？」

私は口角を少し上げ——できるだけ、小馬鹿にしているような表情を作り——、一颯君に尋ねた。

「さっき、私に興味津々のエロガキって認めたけど……これからはその認識でいいかしら？」

「なっ……」

心外だ！

と言わんばかりに一颯君は表情を歪めた。

明らかにムキになっている。

そう、この顔だ。私がずっと求めていたのは、この反応だ。

私はこの幼馴染の、この怒った顔が好きなのだ。

子供っぽくって、図星だと丸分かりで……そして自分に張り合ってくれていることが分かる、この顔が。

「……そうだな」

一瞬でその表情は消えた。

次に浮かんだのは今まで見たことがない、私が知らない、少しだけ大人っぽい表情だった。

「お前と同じくらいは興味津々かもな？」

そしてニヤっと笑みを浮かべた。

私は自分の顔がとても熱くなるのを感じた。

「とりあえず、手を洗ってくるよ」

一颯君は固まっている私を放って、先に進んでしまう。

もしかして、私……負けた？

思わず地団駄を踏んだ。

第二章＊らぶらぶコンビネーション編＊

癖《くせ》になる匂《にお》いがする。

私——神代愛梨《かみしろあいり》は幼馴染《おさななじみ》の体液の香りを嗅ぎながら、そう思った。

いや、体を重ね合わせているから、お互いの体液が混ざった匂いだと表した方が正解かもしれない。

重なり合った素肌と薄い布越しから、彼の体温が伝わってくる。

口から漏《も》れる吐息が重なる。

体液と体温と吐息が一つになり、交じり合う。

もうどこからどこまでが私で、彼の体なのか、分からない。

それほどまでに私は彼と一つになっていた。

それはとても心地よい感覚だった。

いつまでもこうして、繋《つな》がっていたいと……そう思えるほどに。

※

「一颯《いぶき》君、体育祭どの競技出る？」

十月初旬の昼休み。

一緒に昼食を食べている時、愛梨は俺《おれ》にそう尋ねた。

今日からちょうど、一週間後に体育祭がある。

各クラス一人は特定の競技に参加するのが決まりだ。

「綱引きか、玉入れかなぁ」

「ふーん、何で？」

「楽そうじゃないか。……サボってもバレなさそうだし」

俺は声を低め、小声でそう言った。

団体競技なら少し手を抜いても、気付かれない。

仮に負けたとしても、俺一人のせいにはならない。

……まあ、小学生じゃないし、体育祭の勝敗にムキになるやつはそんなにいないだろうけど。

「一颯君、昔からこういうイベント嫌いだよね。小学生の頃、いつも休みたがってたし」

「昔は運動音痴だったからな」

別に今でも得意と言えるほどではないが。

あと、単純に小学校が嫌いだったのもある。

授業もつまらなかったたし、団体行動も苦手で、「みんなで頑張ろう」みたいな空気が嫌だった。

……そもそも愛梨以外にまともな友達いなかったし。

「そういうお前はどうするんだ？」

「嫌いじゃないけど、好きでもないからなぁ。リレーとか、悪目立ちしそうだし。私も玉入れとか、綱引きかな」

「だよな」

適当な団体競技に参加して、適当に過ごそう。

俺たちは二人でそう決めた。はずだったが……。


「お前、運勢悪すぎだろ」

「ぐぬぬ……」

愛梨は自分の拳《こぶし》を握りしめながら悔しそうに顔を歪《ゆが》めた。

希望者が定員よりも多い場合は、じゃんけんで決めるのがルールだ。

そして愛梨は三連続でじゃんけんに負けていた。

最初に綱引き、次に玉入れ、最後に妥協してリレーで負けた。

ちなみに俺は最初の綱引きで勝利した。

「あと、残ってるのは……」

「……男女二人三脚」

愛梨はとても嫌そうな表情を浮かべてそう言った。

なるほど、二人三脚は面倒くさそうだ。

男女というのも良くない。カップルでもない限り、気を使うだろうし。

不人気なのも納得だ。

ところで疑問が一つ。

「残ったのは女子二人だけど、どうなるんだ？」

「女子同士でやるか、片方誰《だれ》かと交代じゃない？　……前者がいいのだけれど」

愛梨はそう言うと、相手の女子と教師、クラス委員を交えて話し合いを始めた。

そして最終的にじゃんけんをして、負けた方が二人三脚に残留。

勝った方は誰か、男子と交代する。

そういう運びとなった。

「最初はぐー、じゃんけん……」

真剣勝負の結果……。

「……負けた」

「今日は本当に運勢が悪いな」

愛梨は負けた。

つまり男子の誰かが交代して、愛梨と組むわけだ。

クラスの男子が愛梨と肩を組み、足を紐《ひも》で結び、二人三脚をする。

そんな情景が脳裏に浮かび、俺は不思議と不愉快な気分になった。

「ね、ねぇ……一颯君」

「貸し一つ、な」

俺は我先にと立候補した。

誰も文句は言わなかった。

言わせなかった。

※

体育祭……の前日。

その日の体育の授業は男女合同で行われた。

体育祭の練習のためだ。

それは勝つための練習ではなく、競技のルールを理解するための練習だ。

人によっては経験のない競技もあるので、一日だけ練習の日が設けられている。

「十月なのに、ちょっと暑いわね。体育祭の日は涼しいと良いのだけれど」

半袖《はんそで》とクォーターパンツの体操服を着た愛梨は伸びをしながらそう言った。

愛梨の体の動きに沿うように生地が伸び、意外と大きな胸が強調される。

ちょっと目に毒だ。

そんな俺の視線に気が付いたのか、愛梨はニヤっと生意気そうな笑みを浮かべた。

「それにしても一颯君。真っ先に立候補するなんて……そんなに私と二人三脚したかった？」

「お前、本当に調子いいな」

こちらを揶揄《からか》ってくる愛梨に俺は呆《あき》れ声を上げた。

別に愛梨と二人三脚をしたかったわけではない。

俺以外のやつが、愛梨と二人三脚をしている姿を見たくなかったからだ。

……もちろん、これは秘密だが。

「お前が助けて欲しそうだったから、立候補したんだが」

「またまた、そんなこと言っちゃって」

「そうか。じゃあ、別のやつに交代してもらおう」

俺はそう言って愛梨に踵《きびす》を返した。

するると後ろから服を引っ張られた。

「ま、待って！　じょ、冗談だから怒らないで！」

「そう言えばまだ、お礼を聞いてないような……」

「ちゃんと感謝してるから！　ありがとう、一颯君。ね？　一緒に二人三脚やろう？」

「仕方がないな」

俺がそう言うと愛梨は安心したような、しかし僅《わず》かに不満そうな、複雑な表情を浮かべた。

負けず嫌いの愛梨としては、俺に頭を下げるのは癪《しゃく》に障るのだろう。

もっとも、俺は逆に気分がいいが。

「とりあえず、一度やってみるか」

「そうね。試してみないことには課題も見えないし」

愛梨はそう言って片足を差し出した。

白く細く長い、美しい脚に俺は自分の足を沿わせた。

互いの両足を紐で結び付ける。

「ちょっと、一颯君。すね毛がちょっと擽《くすぐ》ったいんだけど」

愛梨は身をくねらせながら苦情を言ってきた。

愛梨は擽《くすぐ》りに弱いタイプだ。

「仕方がないだろ。好きで生えてるわけじゃない」

「剃《そ》ることもできるでしょ？　当日までに剃っておいてよ」

「やだよ、悪目立ちするじゃん」

最近は男性のムダ毛処理や脱毛も一般的になっている。

が、少なくとも我が校の男子は生えたままにしている。

一人だけツルツルなのは恥ずかしい。

……それ以上に面倒くさいが。

「片方だけでいいから」

「それは余計に変だろ……」

片足だけすね毛が生えていない男。

少し変態染みている。

「処理してた方が、女子ウケいいよ？」

「……そう？」

「うん。男子ウケは知らないけど」

そこまで言うなら考えてみるか。

いや、もちろん愛梨からの印象を良くしたいとか、そんな理由は全然ないけど。

「ちなみに私は首から上以外はツルツル」

愛梨は俺の耳元でそう囁《ささや》いてきた。

首から上以外。

つまり下半身も……いや、想像するな！

「馬鹿《ばか》なこと言ってないで始めるぞ。とりあえず、歩いてみよう」

「もう、照れちゃって」
一、二。
一、二。
俺たちは口に出しながら足を前に出していく。

「おぉ⁉」

「きゃっ！」

歩幅が合わず、体がぐらつく。

倒れ込みそうになる愛梨を俺は慌てて抱きしめた。

両足に力を入れて踏ん張り、愛梨を受け止める。

それからゆっくりと愛梨を離した。

「あ、ありがとう」

「気にしないでくれ。俺が合わせられなかったのが悪い」

タイミングは合っていると思う。

それでも少しずれてしまうのは、俺と愛梨に体格差があるからだ。

俺の方が十五センチほど高いし、その分足も長い。

ただタイミングを合わせただけでは、どうしてもズレてしまう。

「今度は歩幅を小さめにしてみるよ。……愛梨？」

「あ、ごめん。うん、分かった」

どうやら、何か考え事をしていたらしい。

俺が呼びかけると愛梨は慌てた様子で頷《うなず》いた。

その顔は少し赤かった。

「愛梨はどう思う？」

「そ、そうね。……もっと、お互い、くっついた方がいいんじゃないかしら？」

「それは……そう、だな」

愛梨の言う通りだ。

正直、お互いに遠慮して距離を開けていた節があった。

俺は愛梨の肩に手を回し、軽く引き寄せた。

「こんな感じでいいかな？」

「もっと、くっついていいよ。肩も掴《つか》んじゃって」

「……いいのか？」

「その方が怪我《けが》しないから」

……愛梨のことを想《おも》うなら、くっついた方が良いか。

俺は愛梨の言葉を免罪符に、その距離をさらに縮めた。

体と体をピッタリと合わせる。

愛梨も俺の腰辺りに手を回し――肩だと手が届きにくいのだ――、服を掴んだ。

「よし、行くぞ」

「うん」
一、二。
一、二。
互いに声を出しながら、ゆっくりと歩く。

徐々に速度を上げていく。

そして気付くと俺たちは走っていた。

校庭をぐるりと一周し終えて、俺たちはようやく立ち止まった。

「はぁ、はぁ……」

「ふう……」

俺たちは大きく深呼吸をして、息を整える。

そしてお互い、笑い合った。

「完璧《かんぺき》だな」

「完璧ね」

二人三脚で俺たちに勝てるやつなんて、いないだろう。

心の底からそう思えた。

※

体育祭当日。

「晴れて良かったね！　それに涼しいし」

「そうだな」

愛梨の言葉に俺は同意した。

今日はいかにも秋という気候で、暑くもなければ寒くもない、涼しい気候だ。

絶好の運動日和と言える。

「確か午前中だよね？」

「あぁ、もうすぐだ。準備、しておこうか」

俺はしおりを見ながら愛梨にそう提案した。

俺の提案に愛梨は頷く。

「そうね。慌てると良くないし」

愛梨はそう言うとジャージのズボンを脱ぎ始めた。

一瞬、ドキっとする。

もちろん、下にはクォーターパンツを穿《は》いているのでパンツだけになるということはないが……。

心臓に悪いのでやめて欲しい。

「どうしたの？　一颯君」

「いや、ジャージ脱ぐのかと思って」

「うん。動いたら暑くなるだろうし。一颯君は脱がないの？　下、着たままだと紐が結びにくくない？」

「う、うーん。そう、だな」

なら、俺も脱ごうか。あまり気は進まないけど。

愛梨に合わせて俺も上下のジャージを脱いだ。

すると愛梨は驚いたような声を上げた。

「あれ？　一颯君。足の毛は？」

「……剃ったんだよ。お前が文句言うから」

愛梨からの印象を良くしたいとか、そんな理由は全くない。

うじうじ言われるのが嫌だっただけだ。

「半分くらい冗談だったんだけど……気にしちゃった？　ごめんね」

「……別に気にしてない」

剃ったら剃ったで冗談だったとか……。

相変わらず、勝手なやつだ。

……って！

「おい、触るな！」

「いや、どんな感じかなって。別にいいでしょ？　減る物じゃないし」

「お前だって俺に触られたら嫌だろ！」

ベタベタと俺の足を撫《な》でる愛梨に俺は文句を言う。

しかし愛梨はどこ吹く風だ。

「別に触りたいなら触っていいけど？　……触る？」

「い、いや、別にいい……」

俺はやり返したい気持ちをグッと堪《こら》える。

公衆の面前で足を触り合う男女ははた目から見たら気持ち悪いバカップルだ。

「前から思ってたけど、一颯君、肌綺麗《きれい》だね。ＳＮＳで女の子の足だってアップしても、バレないんじゃない？」

「それに何の意味があるんだ」

誰も得しないだろ。

そんな馬鹿なやり取りをしながら、俺たちは足を結び合った。

一緒に足を上げたり、歩いたり、走ってみたりと準備運動をしているうちに競技の時間になった。

会場に向かうと、すでに紅と白の鉢巻きを結んだ生徒たちが集まっていた。

俺たちは紅組だ。

開始五分前でルールを説明するアナウンスが流れる。

紅白対抗のリレー形式。

走者は各クラスから一組選出。

コースをぐるりと一周回ってから、タスキを次の走者に渡す。

一番先にゴールしたチームが勝利。

事前に聞いていた通りの内容だ。

「愛梨、一颯君！　頑張って!!」

「一颯、愛梨ちゃん！　ファイトッ!!」

アナウンスに紛れて聞き覚えのある声が聞こえてきた。

ほんのりと頬《ほお》を赤らめた愛梨は「大きな声出さないでって言ったのに……」と顔を俯《うつむ》かせながら呟《つぶや》いた。

俺も恥ずかしい。

「気付かないフリしよう」

「そうね……」

そんなやり取りをしているうちに、開始を告げるピストルの音が響いた。

俺たちの出番は最後なので、まだまだ余裕はある。

「今のところ紅有利だね。楽できそう？」

「そうだなぁ……あ、転んだ」

紅組の走者が盛大に転んだ。

その隙に白組が追い上げ、一気に大差をつけて逆転される。

紅組は挽回を図るも、焦《あせ》って上手《うま》く行くはずもない。

差は縮まらず、広がるばかりだ。

そしてついに俺たちの出番になった。

「私たちはのんびり行きましょうか」

「そうだな」

タスキを受け取ってから、俺たちは走り出した。

怪我さえしなければ、転ばなければ良いという気持ちで走る。

『こちら、実況の葉月《はづき》です。紅組、猛烈な勢いで追い上げています。えー、今、走っている二人は二年二組の神代愛梨と風見《かざみ》一颯です』

『こちら、実況の葛原《くずはら》です。校内では有名な幼馴染カップルの二人ですが、さすが息の合ったコンビネーションを見せております』

……あいつら、後で締め上げてやろう。

そう決めながらも、今は愛梨に合わせることだけを考える。

勝ち負けはどうでも良かった。

『おっと、紅組が白組を抜きました！』

『愛の勝利ですねぇ』

うるさい実況を聞き流しながら走っていると、ゴールが近づいてきた。

俺たちはそのままゴールを決めた。

※

「勝ちました！　いぇーい!!」

走り終わった後。

愛梨は母親たちが構えるカメラの前でピースをした。

まだ紐を解き終えていないので、当然、俺も一緒に写真に写る形になっている。

「愛梨ちゃん、いい笑顔ね！　ほら、一颯も笑って！」

「一颯君、もっとくっついて！　走っている時みたいに‼」

「ぴ、ぴーす……」

あまり写真は好きじゃない。

意識して笑おうとすると、どうしても顔が引き攣《つ》ってしまう。

「ほら、一颯君。笑顔、笑顔！」

愛梨はそう言いながら、頭突きをするような勢いで頭を傾かせた。

ふんわりと、愛梨の汗と香水の匂いが漂ってきた。

汗でしっとりと濡《ぬ》れた体操服と、運動で上がった体温、女の子特有の柔らかい感触が伝わってくる。

走っている時は意識しなかったことが、気になって仕方がない。

「笑ってるよ！　早く終わらせてくれ」

「それは笑ってるって言わないの！　……これなら笑える？」

愛梨の指が俺の脇腹《わきばら》を擽《よじ》った。

俺は思わず身を捩らせた。

「ば、馬鹿！」

愛梨に文句を言う。

それと同時にカメラのシャッターを切る音がした。

「一颯君、お疲れ!!」

「愛梨ちゃん、ありがとね!!」

母親たちは満足そうな表情を浮かべてそう言った。

愛梨はニヤリと得意気な表情を浮かべる。

怒りたくても怒れず、俺は肩を落とした。

「……とりあえず、紐、解くぞ」

「えぇー、もう少し一緒にこうしてない？」

愛梨の提案に俺は困惑する。

もう競技も終わり、記念撮影も終えたのだから足を結び続ける理由はない。

「どうして？　何か、用事でもあるのか？」

「別にないけど、いいじゃない。せっかくだし、貴重な体験だし。……嫌？」

「嫌じゃないけど、不便だろ？」

愛梨がごねる理由が全く分からない……いや、一つだけあった。

「そんなに俺の体にくっついてたいのか？」

愛梨は隙あらば、俺の体に触りたがる。

プールの時もそうだった。

「な！　そ、そんなわけ、ないじゃない‼」

図星だったのか、愛梨は口ごもりながら反論した。

そして俺を強く睨《にら》みつけた。

「別にいいわよ。そんなに言うなら！　早く、外しましょう！」

愛梨はそう言って強引《ごういん》に足を引っ張った。

つられて俺の足も引っ張られる。

「お、おい、馬鹿！」

「ご、ごめん……きゃっ！」

バランスを崩した俺は、そのまま倒れ込んだ。

顔に柔らかい物が当たった。

そして仄《ほの》かに甘酸っぱい香り。

「い、一颯君⁉」

愛梨の困惑した声。

同時にカシャリとカメラのシャッター音。

少し遅れて俺は自分が愛梨の胸に倒れ込んでいることと、そしてその一部始終をカメラで撮られたことに気付いた。

「わ、悪い！」

俺は慌てて体を起こした。

そして母親たちを睨んだ。

「今、撮っただろ！　愛梨、カメラを取り上げに行くぞ」

「ちょ、ちょっと！　そ、そんないきなり……きゃっ」

「うわっ！」

俺がいきなり動き出したのが悪かったのか。

愛梨がバランスを崩した。

そしてつられて俺もバランスを崩し、地面に倒れ込む。

今度は手に柔らかい物が触れた。

「い、痛い……い、一颯君！　ちょっと、さっきからどこ触ってるの⁉」

「不可抗力だ！」

「本当に？　わざとでしょ⁉」

「それはお前だろ！　人の体をベタベタ触ってたのはどっちだよ」

「べ、ベタベタって……そ、そんなに触ってないし！　ちょっと擽ったりしただけじゃん！」

「それをベタベタって言うんだよ、変態！」

「そっちこそ、スケベ！」

「痴女！」

「痴漢！」

この後、めちゃくちゃ喧嘩《けんか》した。

写真も撮られた。

第三章 ＊いたずら確定編＊

「じゃあ、目を瞑《つむ》って」

金髪碧眼《へきがん》の、妖精《ようせい》のように可愛《かわい》らしい容姿の女の子は俺《おれ》に向かってそう言った。

「お、おい……近づくなよ……」

ゆっくりと近づいてくる彼女に対し、俺は後退《あとずさ》りしながらそう言った。

というのも少女がとても蠱惑《こわく》的な恰好《かっこう》をしていたからだ。

大胆に露出した白い肌、肩、鎖骨、胸の谷間……

普段は隠れていて、意識することはないところへと、自然と目が向いてしまう。

そして幼馴染《おさななじみ》にそのような視線を向けた罪悪感を覚え、慌てて目を逸《そ》らす。

それでも気になってしまい、目を向け、また逸らすことを繰り返す。

「こらっ！　逃げちゃダメ」

気付くと俺は壁際に追い込まれていた。

少女は俺の顔へと手を伸ばし、顎に軽く手を添えた。

「ほら、早く目を瞑って」

「い、いや……」

「言い訳しないの」

少女はそう言うと俺の顎を、強引《ごういん》に下へと引き寄せる。

「悪戯、しちゃうわね？」

少女の言葉に観念し、俺は目を瞑った。

少女の吐息が俺の唇を擽《くすぐ》り……。

※

十月の末頃。

とある予備校の自習室兼休憩室にして。

「はぁ……」

金髪碧眼の可憐《かれん》な少女、つまり私、神代愛梨《かみしろあいり》は深いため息をついた。

私の目の前にはノートと参考書が広がっている。

勉強中だが、中々手が進まない。する気になれない。……いつものことではあるが。

「随分と大きなため息ですね。……悩み事ですか？」

そう尋ねてきたのは私の友人、葉月陽菜《はづきひな》だ

「まあね……」

私の目の前には様々な憂鬱《ゆううつ》事、悩み事が山積していた。

例えば……今日はハロウィン、そして土曜日だ。

つまりお祭りだ。

にも関《かか》わらず、予備校があった。

ハロウィンは祝日に当たらないのだから仕方がないのだが……

どうしても、せっかくのお祭りなのに……という気分になってしまう。

まあこちらについては、この後一颯《いぶき》君のハロウィンパーティーの約束をしているので、この時間さえ耐えればという気持ちだが。

次に勉強のこと。

私は一颯君とは違い、勉強が嫌いだし、努力も苦手だ。

できればやりたくない。

しかし次の試験では良い結果を出せるように本気で勉強する……と幼馴染に誓った手前、勉強しないわけにはいかない。

だから今、こうして勉強している。

とはいえ、今までサボっていたのもあり、やり始めてからはそこそこ手応えは感じてはいるけど。

それよりも問題は……

「風見《かざみ》さんとの関係ですか？」

「ファッ⁉」

私の口から変な声が出た。

自然と私は自分の顔が熱くなるのを感じた。

それから慌てて辺りを見渡す。

一颯君は私との共通の友人、葛原蒼汰《くずはらそうた》と一緒に近くのコンビニまで昼食を買いに行っている最中だが……

まだ帰ってきていないようだ。

「……ど、どうして、分かったの？」

愛梨は小声で陽菜ちゃんにそう尋ねた。

すると陽菜ちゃんは苦笑した。

「いえ……ただの当てずっぽうですが。本当だったんですね」

「……ま、まあね」

墓穴掘っちゃった……。

私は思わず頰《ほお》を掻《か》いた。

「良かったら相談に乗りますよ？」

「……そうね」

私は少し悩んでから頷《うなず》いた。

陽菜ちゃんなら、無暗《むやみ》に吹聴したりはしないだろうという判断だ。

「最近、一颯君がさ……」

「はい」

「……勘違いしてそうなんだよね」

「ふむ……どんなですか？」

「私が……一颯君のことを、好きだと思ってそうなんだよね」

あの日、確かに私は一颯君にキスをした。

何となく、そんな気分になったからだ。

雰囲気に乗せられたのだ。一颯君のことが好きだからではない。

事実として、普段は一颯君にキスをしたいなどとは欠片《かけら》も思わない。

私は一颯君のことなど、好きではないのだ。

にも関わらず……だ。

一颯君は私が、一颯君のことが好きだからキスしたと、勘違いしている節がある。

いや、絶対に勘違いしている。

……何よ、お前と同じくらい興味津々って。

それは少し前に風邪を拗《こじ》らせた時、一颯君に言われた言葉だった。

私が一颯君のことが好きだと、一颯君が勘違いしていなければそんな言葉は出ないはずだ。

これは私にとっては非常に遺憾だ。

一颯君が私のことが好きで仕方がないのならばともかくとして、私が一颯君のことが好きで仕方がないなど、あり得ない。

あってはならない。

「なるほど……」

私の言葉に陽菜ちゃんは大きく頷いた。

そして首を傾《かし》げた。

「……違うんですか？」

「……何が？」

「え？　だから、愛梨さんって風見さんのこと、好きですよね？」

何を今更？

という表情で陽菜ちゃんは私にそう尋ねた。

カーっと、私は頭に血が上るのを感じた。

「違う！　何言ってるの⁉　根拠は何？」

「いや、だって恋人同士じゃないですか」

「ただの幼馴染って、言ってるでしょ？」

「あぁ……そういう設定でしたね」

陽菜ちゃんは呆《あき》れ顔を浮かべながら頷いた。

私はいろいろと言いたいことがあったが……グッと堪《こら》えることにした。

「そう、そうよ。私たちは恋人じゃないし……断じて、私は一颯君のことなんて、好きじゃないの。にも関わらず……一颯君は、私が一颯君のことが好きだと思っているみたいなの。……幼馴染がこんなんだと、恥ずかしいでしょ？　勘違い童貞みたいで」

「処女が童貞を馬鹿《ばか》にしても仕方がない気が……あぁ、いえ、何でもないです」

な、何よ、人をまるで拗らせ処女みたいな目で見て……。

自分だって未経験のくせに！　……未経験よね？

「うーん、それは大変ですねぇ」

「あのね、陽菜ちゃん。適当に共感しておけばいいかみたいなのはやめて。……今は共感じゃなくて、解決方法が欲しいの」

私の言葉に陽菜ちゃんは面倒くさそうに眉《まゆ》を顰《ひそ》めた。

相談に乗るって言ったくせに……そんな顔、しなくてもいいじゃん。

「素直にあなたのことは別に好きじゃないって言えばいいじゃないんですか？」

「何よ、それ。そんなこと、いきなり言い出したら……頭の悪いツンデレヒロインみたいじゃない」

そんなことを突然、言い出したら「私は本当は一颯君のことが好きだけど、好きだと思われたくないと思っています」と言っているようなものだ。

本末転倒な上に、頭も悪いと思われてしまうに違いない。

「へぇ……自覚があったんですねぇ……わわ！　ぼ、暴力反対⁉　い、今時、暴力系は流行《はや》らないですよ‼」

私が拳《こぶし》を振り上げるフリをすると、陽菜ちゃんは慌てて頭を抱えて縮こまった。

もちろん、本気で叩《たた》くつもりもなかったので、私は拳を下ろした。

それから腕を組み、顔を背《そむ》けた。

「私はツンデレじゃないし、ましてやそんなツンデレみたいなこと、言いたくないわ」

「そ、そうですか……？」

「……なに？」

「い、いえ……私が思うに、大事なのはＴＰＯというか……場面だと思うんですよ」

「……場面？」

私の問いに陽菜ちゃんは大きく頷いた。

「確かに、開口一番であんたのことなんて好きじゃない……って言い出したら、頭の悪いツンデレですけど。例えば……ほら、風見さんが勘違い童貞ムーブをした途端に、ちゃんと好きじゃないと言えば、それほどおかしくはないでしょう？」

むっ……確かに一颯君が生意気なことを言い出した時に言ってやれば、違和感はないかな？

うーん、でもなぁ。

「確かに言わないと伝わらないでしょうけれど。……好きじゃないって直接言うのは、どうしても、こう、バカっぽいっていうか……」

「（頭の悪いツンデレが言うんだから、何を言っても頭の悪いツンデレっぽくなるのは当たり前でしょう）」

私が悩んでいると、陽菜ちゃんがぼそぼそと何かを小声で呟《つぶや》いた。

……何だろう、すごく馬鹿にされた気がする。

「今、私のこと、馬鹿にした？」

「えぇ……痛い！」

私は陽菜ちゃんの頭を軽く叩いた。

※

「愛梨って、多分俺のこと好きだと思うんだよ」

コンビニで弁当を購入し終えた……帰り道。

俺は友人である葛原蒼汰にそう言った。

俺のそんな発言に対する葛原は呆れ顔を浮かべた。

「お前、それ同じこと前も言ってたよな」

……確かに半年前にも同じようなことを言った気がする。

「で、しばらくしたら『やっぱり違ったわ……』って、落ち込むんだろ?」

「別に落ち込んでない」

俺は思わず眉を顰めた。

確かに俺は「もしかして愛梨って俺のこと好きなんじゃ……」と定期的に勘違いをして、「やっぱり違った」ことを繰り返してはいるが……

違ったからといって落ち込んだことは一度もない。

「むしろ安心したほどだ」

俺は愛梨のことなど好きではない。好きになられても対応に困ってしまう。

「ふーん……そんな顔じゃなかったが……」

「それに今回は前よりも確信がある」

なぜなら、愛梨の方からキスしてきたからだ。

お互いに意地の張り合いだった、ファーストキスの時とは違う。

愛梨の方から、どういうわけか求めてきたのだ。

また、風邪を引いた時も……

冷静に考えてみると愛梨は構って欲しそうにしていたように見えた。

やはり愛梨は俺のことが好きなんだと思う。好きじゃないならあんな態度、取るはずない。

「ふーん……まあ、実際、神代はお前のこと好きだと思うけどな」

「だよな？」

「で、お前も神代のこと好きだろ？」

「それは違う」

俺は即答した。

すると葛原は面倒くささそうな表情を浮かべた。

「あぁ……そうなの？　じゃあ、仮に好きって言われたら振るのか？」

「……いや、愛梨がどうしてもと頼むなら、付き合わないこともない」

愛梨は生意気な幼馴染だが、しかし可愛らしい女の子であることは事実だ。

その愛梨から好きと言われたら……満更でもない気持ちにはなる。

もちろん、今の幼馴染同士の関係が崩れてしまうのではという懸念もあるのだが……

そもそも告白された時点で、どう転んでもその関係は崩れてしまうだろう。

振ったら絶対にギスギスする。

なら、付き合った方が良好な関係を維持できる気がする。

……何か違ったら、その時に考えればいいのだ。

「はぁ……本当に素直じゃないな。好きなら好きと言えばいいのに」

「本当にそうだよな」

「お前のことだぞ」

何を言っているんだ、こいつは。

※

予備校での授業も終わり、俺と愛梨はいつものように一緒に家路についた。

家の前に着いたところで愛梨は機嫌良さそうに笑みを浮かべた。

「じゃあ、一颯君。また後でね」

「ああ……後で？」

「うん、着替えたらそっちに行くから」

愛梨の言葉に俺は思わず首を傾げた。

別に俺の家に遊びに来ることは構わないが、着替える必要があるだろうか？

いつもは制服すら着替えずに、俺の部屋にそのまま上がり込むくせに。

「ちゃんと用意してるから。楽しみにしててね？」

「あ、あぁ……？」

何を？

俺は意味も分からず生返事をする。

そうこうしているうちに愛梨は自分の家の扉を開け、その前に振り返った。

「最低限、お菓子は用意しておいてね」

そして念押しするように言った。別にお菓子なら常備している物があるが……。

そんなに腹が減っているのか？

「お菓子？　うん、まあ……あるけど……」

「なかったら、〝悪戯確定〟だからね？」

愛梨は軽くウィンクをすると、とうとう家の中へと消えてしまった。

一人、外に残された俺は考え込む。

何か、大事な物を忘れている気が……。

お菓子、お菓子……お菓子？

「ああ!!」

ヤバイ、今日、ハロウィンだ!!

※

それから十五分後のこと。

俺が一人、そわそわしていると、インターフォンが鳴った。

ドキっと心臓が跳ねる。

「いーぶーきーくん！　あそびましょー！」

愛梨の声が外から聞こえてきた。……腹を括《くく》るしかない。

「……上がってくれ」

「お邪魔します」

そう言いながら部屋に上がってくる愛梨を見て俺は少しだけホッとした。

というのも愛梨の恰好が普通だったからだ。

ごくごく普通の……冬物のコートを身に纏《まと》っている。

仮装じゃない。ということは、もしかしたら別にハロウィンパーティーをするつもりはないかもしれない。

「はい。こっちは一颯君のご両親に渡してね」

ホッとしたのも束の間、愛梨はそう言って二つ持っている紙袋のうち、一つを俺に手渡してきた。

中からはふんわりとした焼き菓子の香りが漂ってきた。

カボチャの匂《にお》いも感じられる。

気合の入った手作りお菓子だ。

……俺は背中に冷や汗が伝うのを感じた。

「じゃあ、早く部屋に行きましょ」

ニコニコと愛梨は機嫌良さそうに言った。

少し前まで予備校で勉強をしていたせいか、羽を伸ばせることを心の底から喜んでいるようだった。

「あ、あぁ……」

俺は頷くと自分の部屋まで、愛梨を案内した。

すでに二人で寛ぐための座布団とテーブル、飲み物、そしてスナック菓子などの集められるだけのお菓子は用意していた。

「うんうん、感心、感心」

俺の用意は、今のところ愛梨にとっては最低限の物だったらしい。

大きく頷いた。

「じゃあ……私から、いこうかな?」

愛梨はそう言うと、バサっと冬物のコートを脱いだ。

「……え？」

俺は思わず目を見開いた。

というのも、愛梨のコートの下の恰好が、予想外のものだったからだ。

黒いタイツに、黒いハイレグタイプのレオタードの衣装。

紙袋から取り出したうさ耳バンドを着ければ……

それはいわゆる〝バニーガール〟だった。

「……じゃあ、いくわね？」

愛梨はわざとらしく咳払《せきばら》いをした。

「トリック・オア・トリート！　お菓子をくれなきゃ、悪戯しちゃうぞ⁉」

愛梨は楽しそうに俺にそう言った。

そしてじっと、俺を見つめてきた。

で、お菓子は？　と、そう訴えかけているように見える。

……当然だが、手作りお菓子に釣り合うようなお菓子を数分で用意できるわけない。

俺は覚悟を決めた。

「すみません！　忘れてました！」

俺はそう言って頭を下げた。

それから愛梨の機嫌を窺《うかが》うために、軽く視線だけを上に向ける。

「……は?」

そこには冷たい目をした愛梨がいた。

「……何で?」

「い、いや、何でと言われても……」

冷たい声で愛梨に問われた俺は言葉を濁した。

〝何で〟も何も、忘れていたことに深い理由などあるはずもない。

「ふーん、一颯君にとって、どうでも良かったんだ。私とのハロウィン」

「そ、そういうわけじゃないけど……」

愛梨との約束がどうでも良かったわけではない。

ただ、愛梨が俺のことを実は好きなんじゃないかと……そんなどうでもいい妄想に気を取られていた。

もちろん、そんなことを本人に言えるはずもない。

「私、楽しみにしてたのになぁ……」

「わ、悪かったよ。……埋め合わせはするからさ」

「高校二年生のハロウィンは今日しかないけど?」

「……」

そこまで怒らなくてもいいじゃん。

と、俺は思ったが……しかしそれを口にすれば逆効果になることは分かっていた。

「俺が悪かった」

俺が再度謝ると、愛梨は小さくため息をついた。

そして自分の恰好を見下ろしながら呟く。

「……これじゃあ、私、馬鹿みたいじゃん」

「……」

「今、そうだと思ったでしょ？」

「い、いや、まさか……」

愛梨に問い詰められ、俺は慌てて目を逸らした。

しかし愛梨はじりじりとこちらに距離を詰めてくる。

「ねぇ……？　どう思ったの？　正直に言ってよ」

「い、いや、別に馬鹿みたいとは思わなかったけど……」

「……けど？」

「その恰好で、外、歩いてきたのかと……」

俺がそう指摘すると、愛梨の頬は仄《ほの》かに赤くなった。

コートで隠していたとはいえ、この露出度だ。

……いや、むしろコートで隠すという行為が、少し変態的である。

「わ、悪い……⁉」

「い、いや、悪くない……悪くないです……」

照れ隠しか、本気で怒っているのか。

顔を赤くした愛梨に怒鳴られ、俺は首を左右に振った。

「本当にそう思ってる？　反省してる？」

「し、してるけど……」

「じゃあ、どうして私の目を見て話さないの？」

愛梨はそう言いながら俺に対してさらに詰め寄ってきた。

俺は思わず後退る。

「そ、それは……」

「どうして？」

愛梨は目を吊り上げ、俺を睨《にら》みながらそう言った。

俺は観念して、慎重に視線を愛梨の方へと向けた。

愛梨の怒った顔と共に、白磁のように滑らかな肌、露出した小さな肩と美しい胸元、綺麗《きれい》な鎖骨が目に飛び込んできた。

体のラインにぴったりと合わさり、締め上げているバニースーツは、愛梨のスタイルの良さ……腰の細さと、普段はあまり意識することない大きな胸を、際立《きわだ》たせている。

特に胸は大胆に露出していて、谷間がはっきりと見えており……

上から見下ろすと、大事な場所が見えそうで見えないような状態になっていた。

「そ、そんな恰好されたら……見れるわけ、ないだろ」

「……え？」

俺の返答は愛梨にとって意外だったのか、驚きの声と共に目を大きく見開いた。

「へぇ……」

そしてニヤっとした笑みを浮かべた。

俺は嫌な予感がしたが、もう遅い。

「特別におかしな恰好をしたつもりはないけれど……」

愛梨はそう言いながらゆっくりと両手を上げた。

そして体を少し横に向けた。

「童貞の一颯君には……ちょっと、刺激が強すぎちゃったかな？」

わざとらしく、俺に自分の腋《わき》と僅《わず》かに露出する胸の側面を見せつけた。

俺は再び目を逸らす。

「い、いちいち……見せてくるなよ」

「あら？　胸が見えないように、横を向いてあげたのだけれど……？　一颯君は私のどこを見て、恥ずかしくなっちゃったのかな？」

クスクスと愛梨は楽しそうに笑った。

機嫌はすっかりと良くなったようだ。……俺にとってはあまり良いことではないが。

「そう言えば、一颯君。まだ感想、聞いてなかったよね？　どう？　私の仮装」

「に、似合ってるよ……」

「どの辺りが？　どう似合ってる？　理由は？」

「い、一々、言わせようとするなよ……」

可愛い。肌が綺麗。スタイルがいい。

いくらでも誉め言葉は浮かんだが、しかし面と向かってそれを口にするのは憚《はばか》られた。

「さっき、反省してるって言ったよね？」

「い、言ったけど……」

「なら、言って」

「い、意味が分からん。それとこれとは無関係……」

「言ってくれないと、許してあげない。それともさっきのは嘘《うそ》だったの？」

愛梨はそう言って首を傾げた。

少し気恥ずかしいが、仕方がない。

「……可愛いところ」

「どこが？」

「……うさ耳」

「そこは私じゃないでしょ。私のどこが、可愛い？　どうして似合ってる？」

「……」

愛梨の問いに俺は自分の顔が赤くなるのを感じながら答えた。

「スタイルがいい」

そう言ってから顔を背け、視線だけを愛梨に向けた。

「こ、これでいいか？」

「……そうね」

愛梨はほんのりと頬を赤らめながらも、顎に手を当てた。

さすがの彼女も恥ずかしいが……しかしそれ以上に褒められたことの喜びが優るらしい。

そしてまた、それ以上に俺を揶揄《からか》いたいという欲求も強いようだった。

しばらく悩んだ様子を見せた愛梨は、ポンと軽く手を打った。

「そうだ。背中なら、見れる？」

愛梨はそう言いながら俺に背中を向けた。

そしてこちらを振り向きながら、お尻《しり》を俺に対して突き出してきた。

俺は再び目を逸らす。

「後ろ姿はどう？」

「……似合ってる」

「目、逸らしてるじゃん。こっち見て、ちゃんと感想言って」

その指摘に俺は再び視線を愛梨に向ける。

大胆に腰の部分まで露出した真っ白いお尻と、兎の尻尾《しっぽ》がちょこんと飛び出た張りのあるお尻が目に映る。

タイツに包まれた足は、普段以上に美しく見えた。

そして愛梨は俺の方を振り返りながら、ニヤニヤとした表情を浮かべている。

「ほら」

「……肌が綺麗」

「ふーん」

俺の答えに一応は満足したらしい。

愛梨は大きく頷くと、再び俺に向き直った。

「一颯君、今日はいつになく弱気だね？　どうしたの？」

「……別にいつもと変わらない」

そう否定したものの、弱気になっていたのは確かだった。

ハロウィンを忘れていたという負い目もあるが……。

それ以上に愛梨の恰好が魅力的で、まともに直視できないのも理由の一つだ。

というか、こんな恰好を俺の前でするということは、やっぱり愛梨は俺のことが好きなんじゃないか？

そんな懸念と雑念が脳裏にチラつく。

「もう、揶揄うのは止《よ》してくれ」

「許して欲しい？」

「……許して欲しい」

俺の言葉に愛梨は満足そうに頷く。

「仕方がないなぁ」

「じゃ、じゃあ……」

「代わりに悪戯ね？」

愛梨は小さく笑った。俺はまた嫌な予感がする。

「悪戯……？」

「お菓子をくれないと悪戯しちゃうって……言ったよね？」

「お菓子ならそこに……」

俺はテーブルに積んでおいたお菓子――既製品のスナック菓子やチョコレート――に視線を向けながらそう言った。

すると愛梨は笑みを浮かべた。……目だけは笑っていない。

「……本当に反省してる？」

私の手作りのお菓子とこれが釣り合うと思ってるの？　一颯君にとってはその程度の価値？

愛梨のそんな心の声が聞こえた気がした。

「し、してる！　あ、あぁ、悪戯な⁉　分かった、受ける」

俺は大袈裟《おおげさ》に頷いた。

愛梨もまたそれでいいと言わんばかりに頷いた。

「じゃあ、目を瞑って」

そう言いながらゆっくりと、近づき始めた。

「お、おい……近づくなよ……」

愛梨が近づくたびに、その美しい肌が、スタイルの良い肢体が、距離を詰める。

俺は逃げるように後ろへ下がる。

そのたびに愛梨は一歩ずつ前に進む。

気が付くと俺の背中が壁にくっついてしまう。これ以上、後ろに下がれない。

しかし愛梨の歩みは止まらない。

自然と俺の視線は愛梨を真上から見下ろすような形になった。

胸とバニースーツの隙間《すきま》が見えそうになり、慌てて目を、顔を逸らす。

ドクドクと興奮により俺の心臓が激しく鼓動する。

「こら、逃げちゃダメ」

一方で愛梨はそう言いながら俺の顔へと、手を伸ばした。

そして顎に軽く手を添え、顔を前に向けた。

「ほら、早く目を瞑って」

愛梨に急かされる。

事ここに至って、俺は愛梨が何をしようとしているのか、察した。

顎に手を添えて、目を瞑れと言う。

この後にすることなど、一つしかない。

キスだ。

「い、いや……」

「言い訳しないの」

愛梨はそう言うと俺の顎を、強引に下へと引き寄せる。

そして俺の顔を下から覗《のぞ》き込みながら、背伸びをした。

「悪戯、しちゃうわね？」

そのふっくらとした唇を動かした。

愛梨の言葉に俺は観念し、目を瞑った。

暗闇《くらやみ》に包まれる視界の中、互いの吐息と、心臓の鼓動、体温だけがはっきりと分かる。

ゆっくりと愛梨の唇が、自分の唇に近づく気配がした。

俺は息を飲む。

「ふぅーっ」

小さなそよ風が俺の唇を軽く撫《な》でた。俺は思わず体を硬直させた。

「ねぇ、一颯君。もしかして……」

愛梨の吐息が俺の耳を擽《くすぐ》る。

「……キスしてもらえると、思っちゃった？」

「……え？」

……違うのか？

愛梨の笑い声に驚き、俺は目を開けた。

愛梨はお腹《なか》を抱えて、笑っていた。

「どうしたの？　そんな拍子抜けした顔しちゃって。もしかして、本気でキスされると思ってた？」

ニヤニヤと愛梨は俺を挑発した。

愛梨の反応に俺はようやく気付く。

騙《だま》された。揶揄われた。おちょくられた。

「お、お前……!!」

カーッと俺は自分の顔が熱くなるのを感じた。

「そういうのはやめろって……」

恥ずかしさと怒りで俺は声を荒らげた。

しかし愛梨は飄々《ひょうひょう》とした態度で答えた。

「罰だって、悪戯だって、そう言ったじゃん」

愛梨の言葉に俺は押し黙るしかなかった。

そもそも俺も愛梨に似たようなことをしたことがあるので、責めることはできない。

「で、一颯君。……やっぱり、本当に勘違いしちゃったんだ」

「うぐっ……」

ニヤっと愛梨に笑われて、俺は言葉を詰まらせる。

今更、「勘違いしていない」と言い張るのはかなり厳しいだろう。

さりとて、「勘違いしました」と素直に白状したくない。

愛梨に揶揄われるのが目に見えている。

「ねぇ、どうしたの？　一颯君。ほら、何とか言ったらどう？」

「お、おい、近づくなって……」

愛梨は生意気な笑みを浮かべながら、俺の顔を覗き込んできた。

俺は慌てて愛梨の体を押そうとして……しかし途中で手を止める。

剥《む》き出しの白い肩に触れることは憚られたのだ。

それでも尚《なお》、愛梨は距離を詰めてくる。

「悪戯って、事前に言ったんだから、冗談だと分かりそうなものだけど……どうして勘違いしてしまったのかしら？　教えてくれない？」

「そ、それは……お前が、目を瞑れって……わ、わざとそうやったんだろ⁉」

明らかに愛梨は俺を勘違いさせようとしていた。

そういう悪戯だったのだ。

それに嵌《はま》ってしまったことは俺の間抜けによるものだが、しかし騙した当人に馬鹿にされるのは癪《しゃく》に障る。

「そんなつもりはなかったけど？　ただ、唇に息を吹きかけただけだし」

「だからそれが……」

「暗闇で息を吹きかけられたら、びっくりするでしょ？　……その程度の意図だったけれど。なるほど、そこで勘違いしちゃったのね」

納得した。

と、愛梨はわざとらしく頷き、口元に手を当てた。

「ごめんなさい……勘違いさせちゃって。刺激が少し強すぎちゃったみたいね」

童貞の一颯君が勘違いしちゃうのも仕方がないわね。

私が悪かったわ。

と、愛梨は苦笑しながら俺にそう謝罪した。

いや、謝罪に見せかけた煽《あお》りだ。絶対にわざとだし、馬鹿にしている。

「その……一応、言っておくけれど。私、別に一颯君のこと……好きとかじゃないから。……その、一応ね？」

「……別にそんな勘違い、していない」

俺は顔を恥辱で顔を歪《ゆが》ませながら反論した。口から出た声は思ったよりも小さかった。

「あら、そうなの。それは良かったわ」

一方で愛梨はニコニコと笑みを浮かべながらそう言った。

俺を負かすことができて、気分がいいのだろう。

俺は逆に図星を突かれて、最悪な気分だ。

「キスについては……確かに勘違いしたけどさ」

「……あら、認めるのね」

俺の言葉に愛梨は目を見開いた。

そしてバツの悪そうな表情を浮かべた。……こいつにも多少の罪悪感はあるようだ。

「……でも、それはお前が悪いだろ」

「……別に私は息を吹きかけただけだけど？　勘違いした一颯君が悪いでしょ？」

「そのことじゃない」

「じゃあなに？　……この恰好？」

愛梨は少しだけ頬を赤らめながらも、自分の胸元《むなもと》を指さした。

自然と胸の谷間に視線が行きそうになるのを、寸前で耐える。

確かに愛梨がエロい恰好をしているのも勘違いした理由の一つだが、それは本当の理由じゃない。

「そうじゃない」

「……じゃあ、なに？」

「……二度あることは、三度目もあると、思うだろ？」

俺の言葉に愛梨は首を傾げた。

何のことか理解していない様子だ。

俺は気恥ずかしい気持ちを抑えながら、はっきりと口にする。

「だから……キスのことだよ。前はお前の方から……してきただろ」

一度目は「キスしてみない？」と愛梨から誘われた。

そして二度目は「キスしていいか？」と聞かれ、答える間もなくキスされた。

今回もそういうことなのだと思ってしまった。

「お前の意図は知らないけど……全体として、勘違いされてもおかしくないことをしているんだから……その、お前も気を付けろよ」

俺だって、男なんだから。

呟くように俺はそう言ってから、愛梨の次の言葉を待つ。

「な、なっ……」

愛梨を顔を真っ赤《まか》にして固まっていた。

そしてしばらくすると口をパクパクと動かし、それから首を大きく左右に振った。

「あ、あの時と……さっきのでは、ぜ、全然、話が違うでしょ！　か、関係ないし……」

「何がどう違うんだ？　前回、キスされたんだから今回もされるかもしれないと思うのは普通だろ？」

「ふ、普通じゃないわよ……お、幼馴染同士よ⁉」

普通じゃないって……キスしようと提案したのはお前で、そしてキスしてもいいかと聞いて、キスしてきたのもお前だろう。

そして実際にキスしたのもお前だ。

「じゃあ、あの時はどうしてしたんだ？」

一度目は分かる。

あれは口喧嘩の延長であり、またそれぞれお互いがお互いに好意があるかを確かめるための儀式だった。

しかし二度目は分からない。

なぜ、あの時愛梨は一颯にキスをしたのか。

愛梨の気持ちが、理由が俺には全く分からない。

俺のことが好きだから。

それ以外に見当がつかなかった。

「……どうなんだよ。愛梨。あの時と、さっきの違いは何だ？」

俺は黙ってしまった愛梨を問い詰めた。

じっと、俺は愛梨の目を見つめる。

すると愛梨は恥ずかしそうに目を逸らし、後退りをし始めた。

「っきゃ！」

「逃げずに答えろよ」

俺は愛梨の肩を摑《つか》み、顔を覗き込みながら、そう尋ねた。

愛梨は顔を背けた。

「ちょ、ちょっと……や、やめてよ」

「じゃあ、答えろ」

「じゃ、じゃあ、離して。きょ、距離が近くて……は、話し辛《づら》いから……」

「離したら逃げるだろ」

俺はそう言うと、手に込めていた力を強めた。

絶対に逃がさないと、愛梨を拘束する。

「俺のことを散々、馬鹿にしたんだ。……正直に話してくれるまで、離さないからな」

俺は苛立ちを感じながらそう言った。

愛梨がどう思っているのか、はっきりさせたかった。

どっちつかずで曖昧なままにしておくのは我慢できなかった。

「あ、あの時は、その……」

愛梨はそう言って口籠《ごも》りながら、俺の顔色を窺うように視線だけを向けてきた。

それからようやく観念したのか、俺の方に視線を向けた。

「そういう、気分だったから……」

「……気分？」

「……これじゃ、ダメ？」

愛梨は俺の顔を見上げ、上目遣《うわめづか》いでそう尋ねた。

俺は愛梨のその表情に胸が高鳴るのを感じた。

「き、気分……気分か……」

「そ、そうよ。そういう気分……だったの。……べ、別に一颯君のことが好きとか、そういうわけじゃないから、か、勘違いしないで」

愛梨は早口でそう捲《まく》し立て……

それから少し後悔した様子で口を噤《つぐ》んだ。

「……悪い？」

「い、いや……悪くはないけど……どうして、そんな気分に……？」

好きじゃないのであれば、尚更《なおさら》その理由が気になる。

あの時、愛梨は俺に何を感じ、あんなことをしたのか。

「き、気分は気分でしょ！　り、理屈なんてないし……」

気持ちや感情は理屈で説明できない。

そう言われてしまえば、それまでだ。

しかしだとすれば……

「……じゃあさ」

「……何？」

「もしも俺がそういう気分になったら……」

――キスしてもいいのか？

俺の問いに愛梨は固まった。

それから震える声で……尋ねた。

「し、したい……の？」

瞳《ひとみ》を潤ませ、頬を赤らめながらそう尋ねる愛梨は普段の何倍も艶《つや》っぽく、そして女の子らしく見えた。

「え、いや……」

そんな愛梨の雰囲気に気圧され、俺は我に返った。

今、自分は何をしているのか。

愛梨の肩を摑み、その顔を見下ろしているのだ。

この姿勢でそんな言葉を口にするのは、まさにそういう意味とでしか捉《とら》えられない。

「わ、悪い……そ、そういう、意味じゃない！」

俺は慌てて愛梨の肩から手を離した。

そして後退りをする。

「……」

「……」

しばらくの沈黙。

俺たちは顔を真っ赤に染めながら、俯《うつむ》き、無言を貫いた。

「ハロウィンパーティー、始めないか？」

「そ、そうね……始めましょう」

俺の提案に愛梨は頷いた。

今のやり取りは忘れた方が良い。その方がお互いのためだ。

言葉にはしなかったが、伝わった気がした。

「ところで、その、一颯君。……一つ、お願いがあるのだけれど」

「な、何だ？」

俺は少し緊張しながら尋ねると……

愛梨は両手で肩を抱き、胸元を隠しながら、はにかんだ。

「その、寒くて。羽織れるもの、ないかしら？」

今更、恥ずかしくなったらしい。

第四章 ＊ 浮気調査編 ＊

ある休日の午後。

とある駅の改札口の近くに一人の少年がいた。

少年は時折、携帯を見たり、しまったりを繰り返して……時間を確認している。

誰《だれ》か、人を待っているように見えた。

何度目かに少年が携帯を取り出すと……

携帯が強く震え始めた。

少し慌てた様子で少年は携帯を自分の耳に当てる。

そして言葉を交わしながら、周囲を見渡す。

すると、茶髪の女の子――少年と同様に携帯を耳元に当てている――が、大きく手を振りながら少年の方へと近寄ってきた。

セミロングの少しおっとりとした雰囲気を感じさせる、可愛《かわい》らしい女の子だ。

二人は幾度か会話を交わすと、楽しそうに笑った。

それから二人は並んで歩き始め、駅を出たところで、少女は少し体を震わせた。

するとと少年は足を止め、自分が首元に巻いているマフラーを指さした。

少女は慌てた様子で首を左右に振るが、少年は苦笑しながらマフラーを外し、少女の首に掛けた。

マフラーの貸し借りをする、微笑ましいカップル。

誰がどう見てもお似合いだった。

「……」

そんな幼馴染と親友の二人の様子を、私は声を押し殺しながら見ていた。

じっと、見ていた。

※

時は少しだけ遡る。

「いーぶーきくん！　あそびましょ！」

その日、私――神代愛梨《かみしろあいり》は勉強道具を持って一颯《いぶき》君の家のインターフォンを鳴らした。

「遊びましょ」と言ってはいるが、目的は勉強のためだ。

最近はそこそこ真面目《まじめ》に勉強をしているのだ。

しばらくして、ゆっくりと扉が開く。

「あぁ……悪い」

そう言って現れたのは、申し訳なさそうな表情の一颯だ。

どういうわけか、一颯君は秋物のコートをしっかりと着込んでおり、今にも出かけようという風貌だった。

私は思わず首を傾《かし》げた。

「あれ？　……もしかして、用事ある？」

「うん、まあ……その、すまん」

「あぁ、いいの、いいの。アポなしで来たのはこっちだし」

私も一颯君も普段から事前連絡なしにお互いの家を行き来することが多い。

家が隣同士なこともあり、その方が手っ取り早いのだ。

もちろん、アポなしだから外せない用事があり、一緒に過ごせない……ということもたまにある。

決して珍しいことではないが、しかし気にはなる。

「何しに行くの？　歯医者とか？」

何気ない調子で私は一颯君にそう尋ねてみた。

遊びに行ったり、ちょっとした買い物くらいなら、一颯君は私を誘ってくる。

私が一緒じゃないと寂《さび》しいからだ。……本人は絶対に認めないけれど。

それがないということは歯医者など、一颯君の極めて個人的な用事なのだろう。

と、そんな当たりを付けての質問だった。

「あぁ……い、いや……別に大した用事じゃない」

どういうわけか、一颯君は曖昧にぼかすばかりで答えてくれなかった。

普段の一颯なら、気軽に答えてくれるのに……。

別に一颯君のプライベートを全部知りたいというわけではないが、隠されるとモヤっとする。

それに余計に気になる。

「えぇー、何々？　気になるなぁ……教えてよ」

「……別に面白《おもしろ》いようなところでもないから」

「別についていったりはしないから。聞くだけならいいでしょ？」

「……しつこいぞ」

一颯君は酷《ひど》く嫌そうな表情で私にそう言った。

ははーん、なるほどね？

私は思わず笑みを浮かべた。

「へぇー、つまり私には言えないような場所に行くんだぁ！　……えっちな場所？」

性的な本やビデオなどを借りに行くのだろうか？

それともそういう映画を見に行くのだろうか？

それともメイド喫茶のような場所に行くつもりなのだろうか？

あれこれ妄想しながら私が尋ねると、一颯君はムキになった要素で声を荒げた。

「違う！」

「へぇ……じゃあどこ？」

「……」

ようやく観念したのか、一颯君は渋々という表情で最寄り駅から電車で十五分程度したところにある、ショッピングモールの場所を口にした。

私も一颯君も何度も一緒に行ったことがある場所だ。

隠すような場所じゃない。……ということは、買う物を隠したいのだろうか？

「ふーん。……で、そこで何を買うの？」

「……それは行ってから決める」

私の問いに一颯君はぶっきらぼうに答えてから……

強引《ごういん》に私を押しのけるようにして、家の外に出た。

「もう、いいだろ。俺《おれ》は行くから」

「ええ、いいじゃない。別にお店は逃げたりはしないでしょ？」

「電車は逃げるだろ」

「ふーん……誰かと待ち合わせでもしてるの？　……もしかして、女の子とデート？」

私は笑いながらそう言って揶揄《からか》う。

もちろん一颯君に恋人など、いるはずない。

ただ、予定していた電車の時刻に遅れたくないだけだろう。

そう思っていた。

「べ、別に……お、お前には関係ないだろ！」

一颯君の怒鳴り声に、私は思わず体を縮こまらせた。

そ、そこまで怒らなくてもいいじゃん……。

私は上目遣《うわめづか》いで見上げると、一颯君は少しだけ申し訳なさそうな表情を浮かべたが……しかしすぐに踵《きびす》を返してしまう。

「……もう、行くから」

一颯君はそう言うと早歩きで立ち去ってしまった。

私は呆然《ぼうぜん》と一颯君の背中を見送る。

そして一分後。

「ふ、ふーん。お、女の子と……デート、なんだ」

ようやく我に返った。

私は一颯君の家から背を向けて、自分の家に向かって歩き出す。

「ま、まあ……一颯君が誰と会おうと、私には関係ないし？」

そして数歩歩き、自分の家のドアの前で止まる。

「……ようやく、一颯君にも春が来たって感じかな？　幼馴染として……お祝いしてあげないとね！」

ドアを開き、自分の家に入る。

そしてドアに凭《もた》れ掛かった。

「き、気にはなるけど……」

靴を脱ぎ、自分の家に上がる。

そして階段を上り、自分の部屋まで歩いていく。

「し、しかし、一颯君がデートするような女の子かぁ……どんな人だろ？　正直、一颯君なんかとデートするなんて、あり得ないけど。……もしかして騙《だま》されてたり？」

私はそう言いながら自室のドアを閉めた。

「……もし、騙されてたら、助けてあげないとダメだよね」

それからクローゼットを開けて、帽子とサングラス、マスクを取り出した。

「私が……お姉ちゃんとして、見守ってあげないと」

帽子を深々と被《かぶ》り、サングラスを掛けた。

そしてマスクをして……姿見の前で大きく頷《うなず》いた。

「よし！」

私は家を飛び出した。

※
「……遅いな」

俺──風見《かざみ》一颯は携帯を確認しながら呟《つぶや》いた。

すでに待ち合わせの時間を過ぎているが……待ち人は来ない。

「相変わらずマイペースなやつだ」

俺は思わずため息をついた。

考えてみると、俺の周りにはマイペースで自分勝手で我儘《わがまま》な女子が多いように感じられる。

その筆頭が愛梨だ。

……少し可哀想《かわいそう》なことをしたかな？

先ほど、強引に愛梨を振り切ってしまったことを思い出し、俺は少しだけ後悔した。

少し傷つけてしまったかもしれない。

愛梨に悲しい思いをさせるくらいならば、素直に白状して愛梨を連れてきても良かったかもしれない。

俺がそんなことを考えていると、携帯の音が鳴らった。

少し慌てながらも、携帯を耳元に当てる。

『今、着きました』

「そうか。改札前にいるけど……」

『見つけました！　北口の方から来ます』

言われるままに北口方面を見ると、茶髪の可愛らしい女の子が大きく手を振りながら、こちらに駆け寄ってきた。

「いやぁ、すみません。寝坊しました」

悪びれもなくそう言ったのは俺の友人。葉月陽菜《はづきひな》だった。

「待ちました？」

「いや……俺も今、来たところだ」

「え？　それは酷い遅刻ですね！」

「……社交辞令だ。あと、お前が言うな」

「分かっていますよ」

ケラケラと葉月は愉快そうに笑った。

「実は風見さんとのデートが楽しみ過ぎて……寝付けなかったんです」

「……そんなに楽しみだったのか？」

意外だと思いながら俺が尋ねると、葉月は大きく頷いた。

「はい。友達の彼氏と浮気デートすると考えると、背徳感が堪《たま》らなくて。脳汁ドバドバで……」

「あぁ、そうか……」

いろいろとツッコミたいことは多かったが、面倒くさかったので俺は適当に流すことにした。

そんな俺の反応が面白くなかったのか、葉月はさらに続けた。

「ちなみに愛梨さんには……ちゃんと内緒で来れましたか？」

「え、あぁ……いや、実は見つかって……」

「え⁉」

「でも、お前のことについてはバレてない。……女の子と出掛けるということについては、なぜかバレたけど」

俺は愛梨に「女の子とデート？」と問われたことを思い出しながら、首を傾げた。

今更ながら、どうして分かったのか分からない。

女の勘……そうとしか説明できない。

「つまり愛梨さんは……風見さんが女の子とデートをすると知って、それを見送ったわけですか」

「え？　まあ、そうだけど……それが？」

「いやぁ……愛梨さんの気持ちを思うと、あまりに切なくて……何と言うか、脳味噌が破壊される感じか……」

葉月は両手で体を抱き、身悶《みもだ》えた。

どうやら気持ちの悪い性癖を持っているようだった。

ドン引きする俺を他所《よそ》に葉月は一人で勝手に納得した様子で大きく頷く。

「やっぱり……ＮＴＲは幼馴染物に限りますよね」

「同意を求めるな。……俺はそういうのは好きじゃない
「才能ありますよ」

「何の才能だよ……」

俺は思わず苦笑した。

葉月も楽しそうに笑ってから、すぐに真剣な表情になった。

「さて……冗談はともかくとして、愛梨さんへのプレゼントを買うことはバレてないんですよね？」

「まあな」

そう、今回の目的は葉月とのデートでも浮気でも何でもない。

愛梨へのプレゼントを買うことだ。

愛梨に内緒なのは……できれば〝サプライズ〟を演出したいからである。

「ハロウィンパーティーを忘れてたお詫《わ》び、でしたっけ？」

「そうそう」

少し前のハロウィンで俺は愛梨を怒らせてしまった。

一応、許してはもらえたが……しかしハロウィンを楽しみにしていた愛梨をガッカリさせてしまった事実は変わらない。

そこでここは一つ、お詫びにプレゼントを渡そうと考えたのだ。

要するにハロウィンのお菓子の埋め合わせである。

「しかし……毎年、クリスマスや誕生日では贈り合っているんですよね？　風見さんの方が愛梨さんとの付き合いも長いですし……私の意見で良いのですか？」

葉月を呼んだのは、「女の子の意見」を聞きたかったからだ。

とはいえ、俺も愛梨との付き合いも長く、その好みや趣味も分かっている。

が、しかし愛梨は女の子で、俺は男だ。どうしても限界がある。

「普段は大した物、贈ってないからな。ハンドクリームとか、ハンカチとか、そんな物ばっかりだし……」

「なるほど。……つまり今回はしっかり気合を入れようと、そういうことですね？」

「そんなところだな。……何をニヤニヤしてるんだ」

「いやぁ……中学生の頃からお二人を見守ってきた身からすると、ようやくその段階にと……感慨深い気持ちになりまして」

腕を組みながらうんうんと頷く葉月。

〝後方師匠面〟というワードが俺の脳裏を過《よぎ》った。

「……まあ、いいや。そろそろ行こうか」

「そうですね」

俺と葉月はようやくショッピングモールへと向かうため、歩き出した。

駅を出ると……強く、冷たい風が吹いた。

ブルっと葉月は体を小さく震わせた。

「おお……寒いですね……」

もうちょっと着てくれば良かった。

と、後悔の言葉を漏《も》らす葉月に対し……俺は自分のマフラーを指さした。

「貸そうか？」

「え？ い、いや、さすがにそれは申し訳……」

「まあ、気にするな。呼び出したのは俺だしな」

俺はそう言いながら自分のマフラーを首から外し、葉月の肩に掛けた。

葉月はなぜか俺から目を逸《そ》らしながら、受け取ったマフラーを巻いた。

そして巻き終えてから、ようやく俺の方へと視線を向けた。

「もしかして、愛梨さんにも普段からこんな風にやっているんですか？ この女誑《たら》しめ！」

葉月は笑いながら揶揄って来た。

俺は肩を竦《すく》める。

「まさか。今回だけだ。……愛梨には半分しか貸さないし」

「……半分⁉」

葉月は目を大きく見開いた。

「……それは一緒に使うという意味ですか？」

「そうだけど……？」

「この女誑しめ……」

葉月は呟くように同じ言葉を繰り返した。

残念そうに見えたのは……気のせいだろうか？

※

一方、その頃。

「ひ、陽菜ちゃんだったなんて……！」

「わ、私には半分しか貸してくれないのに‼」

サングラスにマスクを着けて不審者が物陰でショックを受けていた。

※

駅を出て数分ほど歩き、大型ショッピングモールに到着したところで、葉月は俺に尋ねて来た。

「ところで何を買うかの目星はついているんですか？」

この大きな商業施設の中を当てもなく彷徨《さまよ》うのはさすがに時間が掛かり過ぎる。

当然、俺も全《すべ》ての店を見て回るつもりはない。

「アクセサリーがいいかなと思ってる」

「アクセサリーと言ってもいろいろありますが……」

「まあ、イアリングとか、ペンダントかな？」

指輪は婚約や結婚の際に贈る物というイメージがどうしてもあった。

変な勘違いをされそうなので、イアリングやペンダントが無難だろう。

「なるほど。それならイアリングがいいかなと思います。ロマンティックで素敵ですし」

「……ロマンティック？」

「いつも側にいたい。守ってあげたい。そういう意味ですよね？」

「い、いや、別にそういう意味を込めるつもりは……」

そんな意味があったのか……？

戸惑う俺に対し、葉月はニヤっと笑みを浮かべた。

「あれれ？　一緒にいたくないんですか？」

「それは否定しないが……」

俺は口籠《ごも》った。

これからも一緒にいたい。

そう思っているのは本当だが、口に出すのは照れくさい。

例え本人が側にいなくてもだ。

「ははは、冗談ですって。ところで……私からも一つ、ご提案しても？」

「ぜひ聞かせてくれ」

愛梨と同じ〝女の子〟の意見は参考にしたい。

「香水とか香油はどうですか？　愛梨さん、よくつけてますよね？」

愛梨の匂《にお》いと言えば、それは様々な香水や香油の香りだ。

何種類も持っているらしく、日によって香りを変えている。

実際、日によっても愛梨の匂いは少し違う。

……俺の毎朝の楽しみの一つなのは秘密だ。

「それは俺も思ったんだが……」

「へぇ。じゃあ、没の理由は？」

「……好きだからこそ、やめた方がいいかなと。拘《こだわ》りも強いだろうし」

愛梨がどんな種類の香水を持っているのか、俺には分からない。

もし同じ物を購入してしまったら……愛梨も反応に困るだろう。

また嫌いな香りや、既存の物と組み合わせ辛《がら》い物だと扱いに困る。

だから俺は普段、愛梨へのプレゼントには敢《あ》えて香りがない物を選んでいる。

例えばハンドクリームなども、無香料かどうか、必ず確認している。

「お前が詳しいならいいんだが……分からないだろ？」

「その分からないだろうという決めつけは非常に腹立ちますが……」

「分からないだろ？」

「……分からないですね」

葉月は小さく肩を竦めた。

結局、二人はまず装飾品が売られている店舗に入ることにした。

「うーん、分からん……」

軽く店内を見回ってから、俺はそう結論付けた。

アクセサリーなどまともに身に着けたことのない俺には善し悪しなど分からないし、愛梨の好みを含めれば皆目見当がつかない。

もっとも……だからこそ、葉月を連れてきたと言える。

俺は期待の眼差《まなざ》しを葉月に向ける。

「どうですか？　風見さん。似合ってます？」

葉月はネックレスを自身の首元に掲げて、そう言った。

……こいつ、今日の趣旨を覚えているんだろうか？

「どうされましたか？」

「……お前には買わないぞ？」

「冗談ですよ、冗談。……ほら、愛梨さんだと思って」

「うーん……悪くはなささそ……」

俺はそう言いながら値札を確認し、思わず口を噤《つぐ》んだ。

「た、高いな……」

「……割と安めだと思いますが」

本当に高い商品は簡単にお客が触れられないように、ガラスケースの中に入っている。

実際、その商品はその店舗の中では比較的、控えめな値段だった。

「別に買えないわけではないが……あまり高い物を買うと愛梨が親に怒られる」

愛梨の方も扱いに困るだろう。〝重い〟と思われるのも嫌だ。

「なるほど。……ちなみにいくらくらいがいいですか？」

「そうだなぁ……」

葉月の問いに俺は少し考えてから答えた。

その返答に葉月は苦笑する。

「その値段だと……やっぱり値段相応の物になりますよ?」

「デザインが良ければいいかなとも思うんだが……」

「アクセサリーは価格に比例しますよ」

品質の悪い物は、悪いとはっきり分かってしまう。

葉月の言葉に俺はなるほどと頷いた。

「なら、やめよう」

「いいんですか?」

「冷静に考えると背伸びし過ぎた」

そもそもアクセサリーは全体的に高価だ。

その中で安めの物を選べば、全体の中では品質も下になってしまう。

そもそも……葉月の趣味と愛梨の趣味が一致しているとも限らない。

もし愛梨の好みに合わなかったら、買った意味がない。

費用対効果に合わない。

一先《ひとま》ず、俺たちはショップから出ることにした。

「もっと日常的に使える物がいいな」

「というと？」

「少し高いから普段使いはできないけど、もらえたら嬉《うれ》しいみたいな……何かないかな？」

「あ、曖昧ですねぇ……」

葉月は苦笑しながらも、顎に手を当てながらうんうんと考え込んだ。

「……高めの下着とか？」

「……正気か？」

体の関係を交わした恋人同士ならともかくとして、幼馴染にランジェリーはただのセクハラだ。

気持ち悪いと思われるだけだろう。

「すみません。パッと思いついたのがそれでした。……さすがに私もないと思います。そうですねぇ……」

「下着は無理だが、服とか？」

俺は自分で言っておきながら、やめた方がいいだろうと思い直す。

香水と同じだ。

愛梨にもきっと拘りや好みがあるはずだ。

「うーん、もしくは……」

葉月はポンと手を打った。

「化粧品とか、どうでしょうか？」

※

一方、その頃のストーカー。

「ふ、ふーん……陽菜ちゃんにはアクセサリー、買うんだ。私にはハンカチくらいなのに……ふーん……ふーん……」

「あ、買うのやめるんだ……そ、そうだよね？　高いもんね。一颯君にそんな甲斐性、あるわけないし……」

※

「化粧品か」

「はい。物にもよりますが、消耗品ですし、よっぽど変な物でもない限りはもらっても困らないかと。普段は買わないような、少し質の高い物をもらえたら嬉しいですし」

葉月の回答に俺はなるほどと頷いた。

問題があるとすれば俺は化粧品については善し悪しが分からないという点だが……

「そう言えば、お前、今日、化粧してるよな？」

現在進行形で化粧をしている人がその場にいるのだ。

その辺りについてはその人……つまり葉月に聞けばいい。

「へぇ、よく気付きましたね」

葉月は髪を弄《いじ》りながらそう言った。

さすがの俺も化粧している時と、していない時の違いくらいは気付く。

「普段より美人に見えた」

「え、あ、はい。そ、そうですか。この、女誑しめ……」

俺の言葉に葉月は照れくさそうに頬《ほお》を掻《か》いた。

それから俺が貸しているマフラーを軽く指で摘まむ。

「普段から愛梨さんにそういうこと、言ってるんですか？」

「いや、言ってないが……」

葉月の問いに俺もまた、頬を掻いた。

当然、愛梨も化粧をすることはあるが、普段からそんなことを言ったりしない。

「へぇ、それはどうして？」

「……幼馴染相手に言うようなことじゃない」

愛梨に対して「今日は普段よりも可愛い」などと、恥ずかしくて言えない。

「急に気持ちの悪いことを言わないで」みたいなことを言われたりしたらと思うと、俺は愛梨にそんなことは言えない。

「言ってあげた方がいいと思いますよ。きっと、喜びます」

「まさか。そんなにチョロくないだろ」

「いや……風見さんが思っている、三千倍はチョロいと思いますよ」

俺たちはそんなやり取りをしながら、化粧品が売られている店舗の中に入った。

様々な香料が混ざり合った匂いに、俺は思わず眉《まゆ》を顰《ひそ》めた。

「化粧品と言ってもいろいろあると思いますが……何か、候補は考えているんですか？」

「化粧水が無難かなと……」

「なるほど、無難ですね」

葉月は俺の言葉に同意するように頷いた。

ファンデーションなどの化粧は学校ではしていけないことを考えると、使用する場面が限られてしまうが……

化粧水なら、毎朝と毎晩、使用できる。

プレゼントとして適切だと俺は考えていた。

「でも、それ普段のハンドクリームと何か変わりますか？」

「え……？　そ、それは……確かに……」

葉月の問いに俺は思わず言葉を詰まらせた。

しかし考えてみると、化粧水とハンドクリームは、〝プレゼント〟としてはあまり変わらない気がする。

特別感が薄い。

普段と同じ、ハンドクリームで良いのでは？　と言われてしまえばその通りだ。

「もっと挑戦してもいいと思いますよ」

「しかし化粧水以外となると、俺は全く分からないし、趣味もあるだろうし……」

「変な物なら私が止めますから。それに……愛梨さんは風見さんからのプレゼントなら、喜んで使うと思いますよ？」

「そ、そうか？　酷評される気がするが……」

葉月に励まされたこともあり、俺は化粧水以外の化粧品についても考慮に入れながら、店舗の中を物色する。

葉月や店員の意見を聞いたり、途中で止められたりしながらも、最終的に俺は第一候補を手に取った。

「……こういうのとか、どう思う？」

「へぇ……いいんじゃないですか。素敵だと思いますよ」

葉月のお眼鏡《めがね》にも適《かな》ったようで、賛同を得ることができた。

あとは色かな？　こっちの方が愛梨に似合う気が……いや、でも愛梨の趣味はこっちか？

「……ちなみにそれ、風見さんなりに何か、メッセージとか意図とか込めてたりするんですか？」

熟考していると、葉月からそう尋ねられた。

当然、〝ハロウィンのお詫び〟以外のメッセージなんてない。

「え？　いや、別に……？　まあ、冬場だから乾燥するだろうし、要らないことはないかなくらいだけど……」

「ふーん、なるほど、なるほど……」

「……えっと、これ、不味《まず》いのか？」

なぜかニヤニヤし始めた葉月に、俺は尋ねた。

何か、特別な意味が——例えば左手の薬指の指輪みたいな——あるのではないかと、不安に駆られる。

「いえいえ、別に。問題ありませんよ」

「そ、そうか……？」

「愛梨さん。きっと喜ぶと思います」

「そう、かな……？　じゃあ、これにするか……」

葉月から太鼓判を押されたこともあり、俺はそれを買うことに決めた。

店員にリボンなどで綺麗《きれい》に包装してもらってから、店舗を出る。

「今日は付き合ってくれてありがとう。……何か、葉月は買うものはあるか？　荷物持ちくらいならするが……」

「……」

「……葉月？」

返答がないことを訝《いぶか》しんだ俺は、隣を歩く葉月に視線を向けた。

一方の葉月は俺の呼びかけには答えず、店内の曲がり角をじっと、見つめていた。

「つく、ふふ、あはっ、くくくっ……」

そして唐突にお腹《なか》を抱えて笑い出した。

……どうしたんだ、急に。

「……何か、面白い物でもあるのか？」

「い、いえ……あるというか、あったというか……な、何でもありません。……っく！」

葉月は散々に笑い、目の涙を拭った。

それから俺の方に向き直る。

「私の買い物、付き合ってくれるんでしたっけ？」

「う、うん……まあ……えっと、大丈夫か？　頭とか」

「そこはご安心を。じゃあ……服とか下着とか、買いたいので、付き合ってください」

「そうか……うん？」

葉月の言葉に俺は足を止めた。

「……下着？」

「はい」

「……一緒に入らないと、ダメか？」

「好きにしていいですよ。気になります？」

「い、いや、結構だ……！」

ニヤっと笑う葉月に対し、俺は首を大きく何度も左右に振った。

※

葉月の買い物を終え、俺たちはショッピングセンターから出た。

そのまま寄り道せず、駅まで向かう。

「いやはや、持ってもらって申し訳ないですね。……半分、持ちますか？」

「いや、いい。荷物持ちをすると言ったのは俺だ」

俺はそう言いながら両手に持った紙袋を軽く持ち上げて……

内心で嘆息した。

これではどちらが、どちらの買い物に付き合ったのか分からない。

「そろそろお別れですね」

駅前に来たところで葉月は俺にそう切り出した。

「そうか。良ければ家まで送るが……」

「まだ外も明るいですから」

俺の申し出を葉月はそう言って断った。

まあ、そう言うなら無理についていく必要はないだろう。逆方向だし。

「分かった。じゃあ……これはお前の荷物だ」

俺はそう言うと両手の紙袋を葉月に差し出した。

葉月は頷くと、巻いているマフラーを指さした。

「その前にこれ、お返ししますね」

そう言うと葉月はマフラーを丁寧に外し、俺に渡した。

それから少し考え込んだ様子を見せた。

「……お別れの前に、一つだけ、いいですか？」

「うん？」

首を傾げる俺の肩に、葉月は手を置き、軽く背伸びをした。

困惑する俺の顔に、葉月の顔が近づく。

そして……

「だめぇぇぇぇぇぇぇぇ!!」

突然、大きな声が響き渡った。

俺は慌てて振り返る。

「……愛梨?」

そこにはサングラスにマスクという……「不審者を描いてください」と言われれば十人中九人が描きそうな恰好をしている、小柄な人物が立っていた。

顔は隠れているが、その目立つ金髪と、特徴的な声は隠せていない。

俺の幼馴染、神代愛梨がそこに立っていた。

「……そんな恰好《かっこう》で、何してるんだ?」

「え、あ、い、いや……」

俺の問いに愛梨と思《おぼ》しき不審者は明後日の方向を向いた。

それから人違いですと言わんばかりに、知らん顔で鼻歌を歌い出す。

「風見さん。人違いらしいです。続きをしましょう?」

「え?　あぁ……続き?」

「ダメ!!」

葉月の言葉に愛梨はハッとした表情を浮かべると、慌てた様子で二人の間に割り込んできた。

両手を広げ、強引に俺と葉月を引き剝《は》がす。

「えーっと……」

愛梨は何に慌てているのだろうか？

俺は思わず首を傾げた。

「何がどう、ダメなんですか？」

俺よりも先に葉月がニヤニヤとした笑みを浮かべながらそう尋ねた。

葉月の問いに愛梨はハッとした表情を浮かべた。

「い、いや、別にダメとかじゃ……」

「ダメじゃないなら、いいですか？」

「だ、ダメ！　ダメ!!」

「何がですか？」

ニヤニヤと笑みを浮かべる葉月。

慌てふためく愛梨。

蚊帳の外に置かれた俺は会話の流れが全く理解できていなかった。

「え、えっと……そ、その……な、何と言うか……」

「何ですか？」

「べ、別に私は……そ、その、い、一颯君と陽菜ちゃんが、だ、誰とその、そういうことをしてもいいというか、私が口を出すことじゃないけど……その……」

「なら、良くないですか？」

「だ、ダメ！　ダメなの！」

「どっちですか？　ダメなんですか？　いいんですか？　ダメならどうしてダメなんですか？」

葉月の問いに愛梨は目を泳がせる。

愛梨自身も、どうして〝ダメ〟なのかが理解できていない様子だった。

もっとも、俺はそもそも何の話をしているのか、分からないのだが。

「そ、それは……そ、その……ほ、ほら、と、友達同士が……そ、その、そういうことをしているのは、気まずいというか……その……」

「ふーん……」

「こ、これでいいでしょ！　も、文句ある⁉」

訝しそうな目で愛梨を見る葉月に対し、愛梨は声を荒らげ、逆切れするように叫んだ。

「いえ、まあ……今回はそれでいいにしましょう」

「え、い、いいの……？」

「ええ。私が風見さんにするのが嫌なら、愛梨さんがすればいいことですし？」

「ふえっ？」

「ほら、してあげてください」

葉月はそう言うと呆気《あっけ》に取られた様子の愛梨の後ろに回り込み、その肩を押した。

愛梨はモジモジとしながら、俺の前に進み出た。

「え、え？　……え⁉」

「ほら、ほら……風見さん、待ってますよ？」

「ま、待って……！　い、意味が分からないというか、な、何で私が……」

「……じゃあ、私がしていいんですか？」

「そ、それは……」

ぐいぐいと葉月に背中を押された愛梨は、顔を真《ま》っ赤《か》にしながら俺の顔を見上げた。

……そんな顔で見られても困る。

そもそも何の話をしているのか、さっぱり分からない。

「愛梨さんがしないなら、私が……」

「わ、分かったわよ……！」

愛梨は覚悟を決めた様子で頷き、俺の両腕を摑《つか》んだ。

そしてつま先立ちをして、俺の顔に自分の顔を近づけてくる。

「待て」

俺は愛梨の肩に手を置き、強引にこれを押さえつけた。

すると愛梨はショックを受けた様子で、目を見開いた。

「な、なに⁉　わ、私じゃダメ……？　そ、そんなに陽菜ちゃんがいいの⁉」

「意味が分からん……そもそも何の話だ？　これから何をするんだ⁉」

俺は今までずっと疑問に思っていたことを愛梨に尋ねた。

すると愛梨は恥ずかしそうに目を伏せた。

「そ、それは……」

「風見さんの頭に枯れ葉が付いていましたので。取ろうかと」

葉月の指摘に俺は自分の髪に手を伸ばした。

「……あ、本当だ」

付着していた枯れ葉を取り除く。

今日は風が強かったから、街路樹の葉っぱが飛んできたのかもしれない。

「ありがとう」

「いえ、どういたしまして」

「……え？」

俺と葉月のやり取りに愛梨は呆気に取られたような表情を浮かべた。

ポカンと口を開ける。

「……枯れ葉？」

「はい。枯れ葉です」

「え、えっと……」

「何だと思っていたんですか？」

ニヤニヤと葉月は笑みを浮かべながら愛梨にそう尋ねた。

葉月の問いに愛梨は目を大きく見開いた。

「か、枯れ葉よ！　か、枯れ葉に決まってるじゃない!!　そ、それ以外に何があるの⁉」

「いえいえ、その通りだと思います。それ以外に何も……あるはずありませんよね？」

葉月の言葉に愛梨は悔しそうに地団駄を踏んだ。

……一人、置いてけぼりになった俺は愛梨に尋ねる。

「何を勘違いしたんだ？」

「え？　べ、別に……な、何も勘違いなんか、してないわ！」

愛梨はそう言いながら必至に目を泳がせた。

怪しい……が、この様子だと追及したところで教えてはくれないだろう。

「そうか？　……じゃあ、さっきの質問に戻るんだが。そんな恰好で何をしているんだ？」

「え？　こ、これは……その、べ、別にいいでしょ！　わ、私がどんなファッションをしてたって！」

「それはそうだが……」

俺は思わず苦笑した。

「えーっと、付けてきてたのか？」

「え？　ま、まさか……」

「怒らないから」

「……」

俺の言葉に愛梨は決まりの悪そうな表情を浮かべた。

「そ、その……き、気になって……」

「……気になった？」

「え、えっと……い、一颯君がどんな女の子とデートするのかなって……そ、その、まさか陽菜ちゃんと、一颯君が、そ、そういう関係だったとは、思わなかったけど……」

「……」

デート。そういう関係。

愛梨の言葉に俺はなるほどと内心で納得した。

どうやら愛梨は盛大な勘違いをしているらしい。

「そ、その、さっきはいろいろ言ったけど、わ、私は、その、べ、別に気にしたりしないというか、その……お、応援、してるから……私のことは、気にしなくていいから……で、でも、その、た、たまには、ちょっとくらいは、私とも今まで通り、遊んで……」

「別に葉月は俺の恋人でも、何でもないぞ」

顔を俯《うつむ》かせ、しょんぼりとしている愛梨に俺はそう言った。

すると愛梨はハッとした表情で顔を上げた。

「え？　ち、違うの……？」

「そもそもどうしてそうなるんだ」

「だって……一緒にデートしてるし……」

「友達と買い物するのは、そんなにおかしいか？」

愛梨とはしょっちゅう、遊びに出かけているが、だからと言って俺と愛梨が恋人同士という話にはなるまい。

「お、おかしくは……ないけど……でも……」

どうやら納得いかないらしい。

俺の言葉に愛梨は不満そうな、疑いの表情を浮かべた。

「私に……隠したじゃん。それに……付いてくるなって。……ただの買い物なら、どうして内緒にしたの？」

「あー、それはだな……」

愛梨の問いに俺は頬を搔いた。

隠し通すのは難しそうだし、それで愛梨と喧嘩《けんか》してしまうのは本末転倒だ。

……仕方がない。

「……もう少し、タイミングを考えたかったんだけどな」

紙袋から、リボンと飾り紙で包装された小箱を取り出した。

それを愛梨にそのまま突き出す。

「……えっと、こ、これは……？」

仄《ほの》かに上気した表情で愛梨は俺を見上げた。

ようやく察しがついたのだろう。

その表情からは先ほどまでの不満や不安の色はなかった。

「……プレゼント。クリスマスには早いかもだが。……ハロウィンのお詫びということで」

「あ、ありがとう……」

愛梨は俺から箱を両手で受け取ると、ギュッと自分の胸に押し付けるように抱きしめた。

「……開けていい？」

そして上目遣いで俺に尋ねた。

俺が頷くと、愛梨は嬉々とした表情でリボンを解き、丁寧に包装紙を開いた。

……緊張する。

「……リップクリーム？」

俺が愛梨に買ったのは、ピンク色のリップクリームだった。

そこそこ値段も張ったし、悪い物ではないはずだ。

「ああ、冬は乾燥するから。ブランドは……よく分からないけど、悪くない物だと思う。葉月にも見てもらった。……気に入ったら、使ってくれ」

俺は照れくささを感じながら、顔を背《そむ》け、愛梨にそう言った。

そして視線だけを向けて、愛梨の顔色を窺《うかが》う。

「あ、ありがとう……！　大切に使うね！」

愛梨は満面の笑みを俺に向けた。

気に入ってくれたようだ。俺はホッと胸を撫で下ろす。

「ひゅー、熱々ですねぇ」

「……!!」

と、そこで今まで黙っていた葉月が茶々を入れた。

俺は気まずさから、思わず顔を伏せた。

愛梨も恥ずかしそうに顔を伏せる。

葉月はそんな愛梨に近づき、耳元に口を寄せた。

「――――？」

「―――――!」

「―――……―――――?」

「――!」

そして何かを囁《ささや》いた。

愛梨は顔を真っ赤にしながら、俺の方を見た。

そして戸惑った表情で俺に尋ねる。

「……そうなの?」

「えっと……何が?」

「そ、その、えっと、だから、このリップクリームの……意味というか……」

「……意味?」

「な、何でもない‼」

俺が聞き返すと、愛梨はこれ以上は聞けないと言えないばかりに首を大きく左右に振った。

気になる……が、この様子だと教えてくれないだろう。

俺は葉月に向き直った。

「えっと……あらためて、今日はありがとう。……引き留めて悪いな」

「いえいえ、私も……愛梨さんを揶揄えて楽しかったですから」

葉月はニヤっと笑みを浮かべ、愛梨の方を見た。

愛梨はプイっと顔を背けた。

「じゃあ、また学校で」

「はい。お二人とも、さようなら……末永くお幸せに」

「ふんっ！」

こうして葉月と別れた俺は愛梨と向き直る。

「じゃあ、一緒に帰ろう」

「うん」

「昼はお前の家で勉強するか」

「え、いや、それは……」

こうして俺たちは仲良く帰路についたのだった。

※

愛梨さんと一颯さんの二人と別れてから、私は一人で家路についていた。

時折、強い風が私を拭き付けてくる。

「さむっ……マフラー、借りておけば良かったかなぁ」

寂しくなってしまった首元に私は手を伸ばす。

先ほどまであった温《ぬく》もりは、もうとっくに消えている。

私が喪失感を覚えていると、携帯が音を鳴らした。

愛梨さんと颪見さん、二人からそれぞれ。

――さっきの話、本当？――

――最後に愛梨と何の話をしていたんだ？――

全く同じタイミング。全く同じ話題だった。

さすがは幼馴染と言うべきか。気が合うらしい。

私は思わず笑った。

「いいなぁ……幼馴染」

私は思わず呟いた。

「あんまりジレジレしていると……盗《と》っちゃいますからね？」

私――葉月陽菜は返信ボタンを押しながら、携帯の向こう側の友人に向けてそう言った。

※

「じゃあ、また明日ね」

私は玄関先で、帰宅する一颯君に見送りの言葉を送った。

そんな私に一颯君は淡泊な表情で「ああ、また明日」とだけ答え、立ち去ろうとする。

いつもならここで終わりだが、私は続けて言った。

「……プレゼント、ありがとうね。本当に嬉しかった」

「あ、あぁ……うん」

私の言葉に一颯君は照れくさそうに頬を掻いた。

「早速、使うことにするから」

「……今、持っているやつを使い切ってからでいいぞ？」

一颯君の言葉に愛梨は思わず苦笑した。

私は服と同様に、化粧品は何種類か揃《そろ》えて気分によって使い分けている。

トイレットペーパーのように、一つの物を使い切るまで使い続け、なくなったら買い足すというような使い方はしていない。

「私、香水やリップは毎日変えてるんだけど、気付いてなかったの？」

「……え？　あ、いや、香水は知っているぞ！」

一颯君はあたふたし始めた。

どうやら私に咎《とが》められていると思ったらしい。

そんな一颯君の態度が面白く、愛梨は思わず笑ってしまった。

「大丈夫。どうせ、気付いてないと思ってたから」

「い、いや、だから香水は知って……」

「へぇー。じゃあ、今日は何？　昨日との違いは分かる？」

「名前は分からないけど……昨日の方が今日より酸っぱめで、今日は甘め……かな？」

……正解だ。

一颯君の指摘通り、昨日は柑橘系の香りが強く、今日は花の香りが強い香水を使っている。

「へぇ……よく分かったね」

「ま、まあ、さすがにそのくらいは、な？　リップの違いは正直、分からないけど……」

「もしかして、毎日こっそり、匂い嗅いでたの？」

私が揶揄い半分でそう尋ねると、一颯君は口を噤んだ。

それから慌てた様子で首を大きく左右に振る。

「ち、違う！　意識して嗅いだりとか、そういうのは……」

「あら？　でも、意識してないと、昨日の香水の匂いなんて、覚えてられないんじゃないかしら？」

「あ、あぁ……いや、それは、そうだが……」

目を泳がせる一颯君に対し、私はできる限り優しい笑みを浮かべた。

決して怒っているわけではなく、純粋に香りの違いに気付いていてくれていて、嬉しいと思っていることを伝えるために。

「……嗅いではいないけど、意識はしてたよ。いい匂いだなって」

「そう……」

面と向かっていい香りだと褒められるのは、少し恥ずかしかった。

私は熱くなった頬を掻いた。

それから深呼吸をすると、ようやく本題に入った。

「ところで……香水の香りが好きなら、その、香水でも良かったんじゃないかしら？　どうして……リップを？」

どうしてリップクリームを選んだのか。

何か、一颯君なりの想《おも》いや意味が含まれているのか。

最後に陽菜ちゃんに囁かれた言葉のせいで、私はそこが気になって、気になって、仕方がなかった。

「えっと、それは……香水の方が嬉しかった？」

私の問いに一颯君は不安そうに聞き返してきた。

変な誤解を与えてしまったらしい。私は慌てて首を左右に振った。

「う、ううん！　ち、違うの！　そうじゃなくて……その、一颯君、リップは全然、分からないのでしょう？　それなら、違いが分かる香水を選んでも良かったんじゃないかなって……だから、敢えてリップを選んだ……意味とか、あるのかなと」

私は自分の唇に触れながら、そう尋ねた。

どうしてか、唇が少し熱くなった気がした。

「いや……違いが分かると言っても、大して分からないし。それに香水については拘りが強いかなって……下手な物を贈るよりは、別の物がいいかなって、思った。その……葉月のやつも、リップクリームなら分かるって言ってたし……」

「……なるほど、ね」

確かに一颯君の言う通り、私は香水についてはそこそこ拘りがある方だ。

それにシャンプーやハンドクリームの匂いとの相性の問題もある。

その点を考えると、リップクリームは無難な選択肢だ。

私はホッと胸を撫で下ろした。

やはり陽菜ちゃんの言葉はただの揶揄いだったのだ。

「つまり陽菜ちゃんのチョイスってことね」

「い、いや……確かに変じゃないかどうかは見てもらったけど……」

私の何気ない言葉に、一颯君は複雑そうな表情を浮かべた。

「……選んだのも、決めたのも、俺だから。お前の唇に似合いそうだなって、そう思った」

一颯君は私の顔を正面から見つめ、そう言った。

その言葉に私は自分の顔が熱くなるのを感じた。

一颯君の顔もまた赤く染まっていた。

「そ、そう……」

「あ、あぁ……」

「「……」」


しばらくの沈黙の後、一颯君は踵を返した。

「じゃ、じゃあ、俺はもう帰るから」

「う、うん」

逃げるようにその場から立ち去る一颯君を、私は見送った。

それから扉を閉めて、自分の部屋に戻り……ベッドに飛び込んだ。

枕《まくら》を両手で抱え、ゴロゴロとベッドの上で悶《もだ》える。

「き、聞かなければ……良かった……」

去り際に陽菜ちゃんに囁かれた言葉を私は思い返す。

――お礼にキスしてあげたら、どうですか？

――だって、リップクリームって……そういう意味ですよね？

一颯君がそんなことを考えているはずがない。

そんな意味が込められているはずがない。

私はそう思いたかった。思いたかったけど……

——もしも俺がそういう気分になったら、キスしてもいいのか？

ハロウィンに言われた、一颯君の言葉が脳裏を過る。

「し、したい……のかな？　やっぱり……」

自分の唇に触れながら、私は呟きながら考える。

もし、したいと言われたら、どうすれば良いのだろうか？

その時、自分は受け入れてしまうのだろうか？

それは……その関係は、普通の幼馴染と言えるのだろうか？

第五章＊ジレジレデュエット編＊

「〜〜♪　〜〜♬　〜〜♫」

とあるカラオケ店にて、金髪碧眼《へきがん》の女の子がマイクを片手に歌っていた。
曲は今、流行のラブソングだ。
音楽の素養があるからか、素人であることを加味すれば相当上手だ。
しかしその表情は決して楽し気であるとは言えない。
むしろ苦悶《くもん》に歪《ゆが》んでおり、何か耐えているようにも見えた。
「意外と頑張るじゃないか」
そんな少女を見上げながら俺《おれ》はそう言った。
一方で少女は俺に気を配ることなく、画面を見ながら歌を歌い続けている。
否、必死に気を逸《そ》らそうとしている。
「ここからが本番な」
俺はそう言うと、指を動かした。

「っぁ……ん、～♪」

すると少女の体が一瞬だけビクっと跳ねた。

俺の指の動きと連動するように、少女の唇から甘い吐息が漏《も》れ、歌声が乱れる。

「おいおい、さっきから音程が外れてばっかだぞ。大丈夫か？」

「う、うるさい……！」

間奏に入ったこともあり、少女は俺を睨《にら》みつけてきた。

しかしその顔は真《ま》っ赤《か》に赤らんでおり、瞳《ひとみ》は僅《わず》かに潤んでいる。

まるで迫力がなかった。

「後で覚えてぁン……ちょ、ちょっと……い、今は……」

少女は最後まで言葉を言えなかった。

俺が指を動かしたからだ。

「間奏中は休憩なんてルールはないぞ。ほら、もう始まるぞ」

「うぅ……～♪　んっ♪　ぁ……っン、ぁ♪」

曲が終盤に近づくにつれ、歌声に混ざる喘ぎ声の割合が増えていく。

「だ、だめっ……こ、降参ンン、する、からぁ……」

そしてついに心が折れてしまったのか。

少女は泣きそうな声で俺に許しを乞う。

しかし俺は首を左右に振った。

「ダメだ。続けろ」

「ゆ、許して……ぁ、んぁ……も、もう、だ、ダメになっちゃう、から……~ん♪」

マイクで拡声された喘ぎ声だけが、部屋に響き渡った。

※

時は少し遡《さかのぼ》る。

「終わったぁ!!」

金髪碧眼の美少女、神代愛梨《かみしろあいり》——つまり私は大きく伸びをしながらそう言った。

今、私はとても気分が良かった。

「……何回も言わなくていいだろ」

隣を歩く私の幼馴染《おさななじみ》、一颯《いぶき》君が空気の読めないことを言う。

しかしそんなことが気にならないくらい、私は気分が良かった。

「だって、終わったんだよ？ 試験が!!」

今日は久しぶりの校外模試の日だった。

この日のために私はずっと勉強を頑張ってきた。

しかし一颯君は何かを言いたそうな表情を浮かべている。

付き合いの長い私なら、言われなくとも分かる。

まだ受験は終わってないけど。

などと、言いたいのだろう。

言いたいのに言わないのは、気分の良い思いをしている人に水を差すべきではないと思っているからだろう。

しかし言わなくとも、その表情で伝わってくる。

普段なら「文句あるの？」と言ってやるところだが、しかし私はそんな気にならない程度には気分が良かった。

「とりあえず、出来は良かったのか？」

「まあね！」

「そうか。なら帰ったら答え合わせを……」

「イヤっ！」

私は即答した。

今更答え合わせをしようと、回答の内容は変わらない。

隣を歩く秀才の幼馴染と答え合わせをすれば、せっかくの良い気分に瑕疵《かし》が付くのは目に見えている。

私はできるだけ長い間、いい気分でいたかった。

「明日、遊びに行かない？」

先んじて私は一颯君にそう提案した。

明日は日曜日だ。

せっかく試験が終わったことなので、打ち上げも兼ねて、二人で遊びに行きたかった。

「明日？　まあ、いいけど」

「じゃあ、決まりね。いつもの駅で待ち合わせということで」

私がそう言うと一颯君は怪訝《けげん》そうな顔をした。

「……家の前でいいだろ」

私と一颯君の家は隣同士だ。何なら、部屋も窓を隔てて隣同士だ。

駅で待ち合わせをする必要は全くない。二人で駅に行けばいいだけだ。

「それじゃあ、雰囲気出ないでしょ？」

「何の雰囲気だよ」

「デート」

私の返答に一颯君は目を丸くした。そして恥ずかしそうに目を逸らした。

「デートって……恋人同士じゃないんだし……」

一颯君の言葉に私は自分の顔が熱くなるのを感じた。

なぜ、そんな言葉を選んでしまったのか。

自分でも分からなかった。

「……言葉の定義の問題は、どうだっていいでしょ？」

私は恥ずかしさを誤魔化《ごまか》すために、強い口調でそう言い返した。

それからあえて小さく鼻で笑ってみせた。

「それとも気になっちゃうのかしら？」

「別にそんなことはないが……」

私の言葉に過剰反応するのもおかしいと思ったらしい。

一颯君は不服そうな表情を浮かべながらも、首を左右に振った。

「でも、意味がないような……」

「ダメな理由もないでしょ？」

私の言葉に一颯君は肩を竦《すく》めた。

「分かったよ。待ち合わせにしよう。……どっちの駅だ？　最寄り駅？」

「都心の方」

都心の方の駅は最寄り駅から十分ほど、電車に揺られた先にある。……陽菜ちゃんが一颯君と待ち合わせていたところと同じ場所だ。

デートするならその周辺がいいだろう。

私のそんな提案に一颯君は怪訝そうな顔を浮かべた。

「わざわざそんなところで……まあ、いいけどさ」

「じゃあ、明日の朝、十時に集合ね。……一颯君は一本、早めに来てね？」

「俺が待つのかよ」

私の要求に一颯君は不満そうな顔でそう言った。

せめて言い出しっぺが早く行けよ……と言いたそうな表情だ。

「別にいいじゃない。それとも……」

陽菜《ひな》ちゃんは待てても、私は待てない？

私はそう言いかけた自分に気付き、慌てて口を噤《つぐ》んだ。

……自分でもなぜ陽菜ちゃんを引き合いに出そうとしたのか、分からなかった。

「まあ、いいけどさ。お前の気紛れは今に始まったことじゃないし……」

幸いなことに一颯君は私が言いかけたことを追及してこなかった。

内心で胸を撫《な》で下ろす。

「一颯君、やさしい！」

「くっつくな！」

話題を逸らすために私は一颯君に抱きついた。

一颯君は鬱陶しそうな表情を浮かべたが、無理に振り払うことだけはしなかった。

私はどうしてか、とても安心した気持ちになった。

※

デート当日。

「遅れてごめんね、一颯君。……待った？」

「待った」

俺よりも一本遅い電車でやってきた愛梨に対し、俺はそう答えた。

すると愛梨は眉《まゆ》を顰《ひそ》めた。

「そこは嘘《うそ》でも、俺も今来たところだって言うところじゃない？」

「先に行って待ってろと言ったのはお前だろうが」

意味もなく待たせたくせに何を言っているんだか……。

「まあ、いいけど。……ところで、何かプランは考えているのか？」

「特に考えてないけど……いつもの場所でいいでしょ？」

いつもの場所。

というのは、駅近にある大型ショッピングモールのことだろう。

以前に葉月《はづき》と共にリップクリームを買ったのもそこだ。

服飾品や文房具、化粧品などの店舗はもちろん、フードコートやレストラン街、そして映画館やカラオケもある。

俺と愛梨にとって、定番の遊び場だ。

「実は面白《おもしろ》そうな映画をやっててね。一颯君が良ければ一緒に見ようかなって」

「いいよ」

「……内容は聞かなくていいの？」

「どうせ、グロいやつだろ？」

「まあね」

愛梨は血が噴き出たり、頭が吹き飛んだりするような話が、アニメ、実写問わずに好きだった。

俺も嫌いではないため、異存はなかった。

「じゃあ、行こうか」

目的も決まったということで、俺は早速歩き出した。

しかし愛梨はそんな俺の袖《そで》を摑《つか》んだ。

「待って」

「……何だ？」

「……言うことがない？」

愛梨はそう言うと、着ているコートを軽く摘まんでみせた。

今日の愛梨のファッションは黒いセーターと、白い膝上《ひざ》のミニスカートだった。

そして上からスカートの丈よりも長い、コートを着込んでいる。

足は黒タイツと、白いロングブーツによって隠れている。

耳には小さめのイヤリングを着けていた。

なお、スカートよりも長いコートを着込んでいるのにスカートの色が分かるのは、前を開けて羽織るように着ているからだ。

お洒落のためとはいえ、寒くないのだろうかと思ってしまう。

全体的には変に大人びているわけでもなく、子供っぽいわけでもない。

高校生らしいファッションだ。

「似合ってるよ」

「……それだけ？」

愛梨はそう言って首を傾《かし》げ、僅かに不満そうな表情を浮かべた。

いつもの愛梨なら「似合っている」の一言で満足する。

食い下がるのは、他にも指摘して欲しい部分があるからだ。

「少し待て。考える」

「そういうの、考えずに言えるのがいい男の条件だと思うのだけれど」

「いい男じゃなくて悪かったな」

俺はそう返しながらも、まじまじと愛梨の服装を確認する。

パッと見た限りだと、特別に変わったところはない。

着ている服もアクセサリーも、俺が一度は見たことがあるようなものだ。

つまり変化はそれ以外のところにある。

「うーん……」

俺はじっと愛梨の顔を見つめながら、距離を詰めていく。

すると愛梨は戸惑いの表情を見せた。

「ちょ、ちょっと、そんなに近づかなくても……」

そう言って愛梨は両手を前に突き出し、俺の体を軽く押そうとした。

すると愛梨の体から、仄《ほの》かに甘い匂《にお》いが漂ってきた。

「その香水、新しいやつか？」

「え？　ま、まあ……そうね。よく、分かったわね」

俺の指摘に愛梨は恥ずかしそうに髪を弄《いじ》りながらそう答えた。

一先《ひとま》ず、間違ったことを言ったわけではないようだし、これでいいだろう。

「そろそろ行くぞ。上映時間に遅れる」

「……そうね」

俺がそう言って歩き出そうとすると、愛梨は少しだけ残念そうな表情を浮かべた。

やはり先ほどの俺の回答は正しくとも、愛梨が求めていたものではなかったようだ。

……仕方がない。

俺は渋々ながら、最初から気付いていたが、あえて言わなかったことを口にする。

「そのリップ、使い心地はどうだ？」

その言葉に愛梨は目を大きく見開いた。

それから満面の笑みを浮かべ、俺を肘で突《つつ》いた。

「もう！　分かっているなら、最初から言ってよ。この照れ屋さんめ」

「……別に照れてない。それで、どうだ？」

「悪かったら、つけてこないと思わない？」

愛梨はそう言いながら自分の唇に指を当てた。

その艶《つや》やかな唇を見た瞬間、俺の脳裏に愛梨の唇の感触が生々しく思い浮かんだ。

「そ、そうだな。変なことを聞いた」

俺はぶっきらぼうにそう答えると、再び前を向いて歩き始めた。

「ねぇ、一颯君」

「何だ？」

今度は何事だと思いながら聞き返すと、愛梨は上目遣《うわめづか》いでわざとらしく科《しな》を作った。

「マフラー、貸して？」

「えぇ……」

俺は思わず眉を顰めた。

すると愛梨は自分の頬《ほお》に指を当て、軽く首を傾け、笑みを浮かべてみせた。

「ねぇ、一颯君。マフラー、貸して？」

あらためて言い直した。

その表情と仕草は愛梨の容姿も相まって、とても可愛《かわい》らしかった。

思わずドキドキしてしまう。

「一々、ぶりっ子して言い直すなよ。……気持ち悪い」

だがそれ以上に違和感や腹立たしさが優った。

普段の生意気な態度を知っている身からすると、あまりにもわざとらし過ぎる。

「ねぇ、貸してよぉ……大切な幼馴染が寒さで震えてるんだよ？　可哀想《かわいそう》だと思わない？」

「図々しいやつだな……寒いことは分かってるんだから、最初から着て来いよ」

愛梨の自業自得だし貸す必要はない……と思いながらも、俺はマフラーに手を掛けてしまう。

寒いのは本当だろうし、貸してあげないと可哀想だ……とも思ってしまう。

「……陽菜ちゃんには貸したのに、私には貸してくれないの？」

愛梨は不満そうに、そして僅かに落ち込んだ声音でそう言った。

「はぁ……」と思わず口からため息が漏れた。

「……半分だけなら、いいぞ」

俺はマフラーを少しだけ解いて、その端を愛梨に渡した。

すると愛梨は嬉《うれ》しそうに俺からマフラーを半分だけ受け取り、自分の首に巻いた。

「陽菜ちゃんには全部貸してくれたのに、私には半分だけなのね」

「回数も含めればお前に貸した量の方が多いだろ」

俺の言葉に愛梨は少し考え込んだ様子を見せた。

それからニヤっと笑みを浮かべた。

「それもそうね！」

元気よくそう言うと、体当たりするような勢いで距離を詰めてきた。

そして俺の体に頬擦《ほおず》りしてきた。

よろめきそうになるも、何とか両足に力を入れて、体勢を維持する。

「お、おい。愛梨……もう少し、距離を取れ」

「距離を取ったら、マフラー、巻けないじゃない」

俺の苦情に対し、愛梨は飄々《ひょうひょう》とした態度でそう答えた。

それから自分の白い手を軽くこすり合わせ、俺の顔を見上げてきた。

「……手袋も半分、貸してくれると、嬉しいなぁ」

「お前なぁ……」

俺は大きくため息をつきながら、左手の手袋を外した。

そして愛梨に手渡す。

「ほら」

「ありがとう！」

愛梨は嬉しそうな笑みを浮かべると、俺から受け取った手袋を左手に嵌《は》めた。

それから少しだけ申し訳なさそうな表情を浮かべた。

「今日は思ったよりも寒くて。その……我儘《わがまま》聞いてくれて、ありがとうね？」

……急にしおらしくなるのは反則だと思う。

これでは文句も嫌味も言えなくなってしまう。

「……気にするな。別に寒くないし」

「さっき、寒いって言ってたじゃん」

「……言ってない」

俺は短くそう答えると、愛梨から顔を背《そむ》けた。

もちろん、痩せ我慢だ。本当は寒い。

外気に触れ続けているのは耐えがたく、俺は半ば反射的にポケットの中に左手を入れた。

ポケットの中は外よりも幾分暖かかったが……しかしすぐに左手にひんやりとした物が触れ

た。

何事かと、俺は左側——愛梨の方へと視線を向けた。

俺のポケットの中に右手を入れながら、愛梨はにんまりと笑みを浮かべた。

「おい、愛梨。何してる」

「手を握ってあげてるの」

「そういう問題じゃなくてだな……」

愛梨にとっては手を握る程度の、何気ない悪戯《いたずら》やスキンシップをしているつもりなのかもしれない。

しかしポケットの中はちょっと良くない。

もし愛梨が手を奥まで突っ込めば、俺の大切なところに触れてしまう。

……かもしれない。

そう思うだけで緊張してしまうし、意識すればするほど変な気分になる。

こういう時に限って、体は言うことを聞いてくれない。

「なに？　一颯君、もしかして……意識しちゃってる？」

「え、あ、い、いや……」

愛梨の指摘に俺は挙動不審な態度を取ってしまった。

これでは答えを言っているようなものだ。

「大丈夫。暖を取っているだけだから。……それとも、童貞の一颯君には刺激が強すぎちゃう？」

こ、こいつ……まさかわざとか？

「当たり前だろ。いいから手を抜け」

俺が語気を強めてそう言うと、愛梨はしゅんとした表情を浮かべた。

慌てた様子で俺のポケットから手を引き抜いた。

「……手、触られるのそんなに嫌だった？」

そしておずおずと俺の機嫌を窺《うかが》うようにそう言った。

まるで俺がイジメているみたいじゃないか……

「いや、手じゃなくて……」

「それともポケットが嫌？　それともくっつかれるのが鬱陶しかった？」

本当に悪気のなさそうな態度で愛梨はそう言った。

もしかして本当に悪気はなかった？　手を握っただけのつもり？

でも、童貞って……あぁ、そうか。

愛梨も経験ないし、こいつにとっては手を握る行為は最上位クラスの悪戯なのか……。

どうやら俺の勘違いだったらしい。

「いや、別に嫌じゃない。……やりたかったら好きにしろ」

勘違いで怒ってしまったことに罪悪感を覚えながら、俺は投げやりな気持ちでそう言った。

愛梨は不思議そうに首を傾げた。

「……変な一颯君。えっと……手を入れてもいいいんだよね？」

「あぁ……まあ、うん、いいよ」

俺が頷《うなず》くと、愛梨はホッとしたような表情を浮かべた。

「そう、良かった！」

そして手を勢いよく、ポケットの奥へと突っ込んだ。

「お、おい……！」

止めたが、遅かった。

「あっ……」

一瞬、愛梨の体が固まった。

腕を引き、ポケットから手を抜きかけてから……慎重に手をポケットの中に入れ直した。

そして俺の手をギュッと握りしめる。

「……どうしたの？　一颯君？」

仄かに赤らんだ顔で、愛梨は何気ない様子でそう言った。

さっきの様子から愛梨も自分が何に触れたのか気付いているはずだが、気付かなかったフリをしてくれるつもりらしい。

汚い物を扱うかのように、急に手を引き抜いたら俺が傷つくと思ったのだろう。気を使われていることが分からないほど、俺は馬鹿《ばか》ではなかった。

「……いや、何でもない」

俺も気が付かなかったフリをすることにした。

こうして俺たちは微妙な空気の中、ショッピングモールへと向かう。

ショッピングモールに到着すると、愛梨は俺のポケットから手を引き抜いた。

「も、もう、建物の中だから！」

「そ、そうだな！」

愛梨のもっともらしい理屈に俺は大袈裟《おおげさ》に頷いた。

俺たちは気まずさを感じながらも、映画館のあるフロアへと向かった。

フロアには上映中や近日上映予定の映画の広告がそこかしこに設置されていた。

「見る予定なのはあれか？」

「そうそう。ネットだと、そこそこ評判だったの」

その映画はどうやらいわゆる〝洋画〟であるらしかった。

ジャンルはスプラッター映画のようで、所々が赤かった。

恐怖を煽《あお》るような文面と共に、隅には「R15」と書かれている。

「ポップコーンとか、ジュースはどうする？」

「うーん……高いから要らない。お昼入らなくなるし」

「それもそうか」

そんな話をしながら俺たちは学割でチケットを購入しようとするが、購入直前になって愛梨が「あっ！」と小さな声で叫んだ。

「見て、一颯君。今日はカップル割だって。こっちの方が安いかも……どうする？」

「むっ……じゃあ、そっちにするか」

安く済ませられるなら、それに越したことはない。

俺は気恥ずかしさを感じながらも、カップル料金で二枚分のチケットを購入し、映画館に入場した。

※

「……終わったし、出よう」

「……そうね」

俺と愛梨はエンドロールが終わった後、立ち上がり映画館を出た。

暗い場所から明るい場所へと移動すると、今まで分からなかった愛梨の表情がはっきりと分かる。

愛梨の顔は仄かに赤らんでいた。

……少し気まずい。

「えーっと、昼食は……」

「いろいろと凄かったわね……！」

映画から話題を逸らそうとする俺の声を遮《さえぎ》るようにして愛梨はそう言った。

それから俺の返答も聞かずに愛梨は早口で捲《まく》し立てた。

「そういう要素が少しはあるとは聞いていたのだけれど、あそこまでとは思っていなかったわ。だから、その……知らなかったの。えっと、つまり……分かるでしょう？」

〝そういう要素〟というのはつまりお色気描写、性描写のことだ。

スプラッター映画だし、R15指定ということもあり、そういう描写があることは想定していた。

想定外だったのは、スプラッター描写よりもむしろそっちの方がメインなんじゃないかというくらい性描写が全面に押し出されていたことだ。

中にはR18なんじゃないかというレベルのシーンもあった。

愛梨としては意図して選んだわけじゃない、自分も不本意だと主張したいのだろう。

さすがにそれは言われなくとも分かる。

「……お前がむっつりスケベだってことか？」

だからこそ、俺はあえて愛梨を揶揄《からか》うことにした。

笑い話にすることで、気まずさを吹き飛ばしたかった。

「違うって言ってるでしょ！　……そういう一颯君は、食い入るように見てたけど、どうなの？　この、むっつりスケベめ」

愛梨はそう言いながら俺を肘で突いてきた。

愛梨も俺と同様に、笑い飛ばす方向性にした方が雰囲気が良くなると思ったようだ。

……それはいいが、一つ修正させて欲しい。

「それはお前だろ。凝視してたくせに」

「し、してないわよ！　普通に見てただけ！　自分がそうだからって、一緒にしないでよね！」

愛梨は目を泳がせながらそう言った。

図星だったらしい。

「……最初に殺された、金髪の人、いたじゃない？」

わざとらしく咳払《せきばら》いをしてから、愛梨は話題を逸らした。

「それがどうかしたんだ？」

「ちょっと見た目が私に似てたから……何と言うか、複雑な気分というか……」

「あぁ……まあ、分からないでもないが」

金髪もそうだが、青い目も顔立ちも、胸が大きいところも似ていた。

自分に似た俳優が卑猥な恰好《かっこう》で卑猥《ひわい》なことをしている様を見るのは、確かに変な気分になりそうだ。

しかもその後に惨殺されるのだから、余計に。

「でも、お前の方が美人だよ」

「な、何を急に……揶揄わないでよ。……あっちは本職の俳優よ？」

俺の言葉に愛梨は戸惑いの表情を浮かべた。

そして赤らんだ顔を恥ずかしそうに俯《うつむ》かせる。

「別に揶揄ってはいないけど……」

髪色は同じ金色だが、愛梨の方が綺麗《きれい》だった。

顔立ちも愛梨の方が当然、上だ。

スタイルは……成人女性と未成年ということもあり、豊満さではさすがに映画の女優の方に軍配が上がった。

しかし手足の長さや、体の細さなどのバランスを考えれば愛梨の方が綺麗に見えた。

「そもそも、今の話で、私よりも美人とか、関係ある？」

「……いや、なかったな」

気が付くと、耳がとても熱くなっていた。

柄にもないことを言ってしまったと、俺は後悔した。

再び雰囲気が気まずくなり始めるが……。

「……つまり、私のこと、そういう目で見てたってこと？　このむっつりスケベめ！」

愛梨は気にしていないとでも言うように、肘で俺の体を強く突いてきた。

……助かった！

そう思いながら俺は肘で愛梨を突き返す。

「そんなわけ、ないだろ？　この自意識過剰め」

二人はしばらく、肘で互いを突き合った。

※

「全く、照れ屋なんだから」

「……照れ屋とか、そういう問題じゃない」

ニヤニヤとした笑みを浮かべながら、肘で突いてくる愛梨に対し、俺はそう言い返した。

俺の両手には紙袋がぶら下がっている。

全《すべ》て愛梨が購入した服が入っていた。

そしてその中には下着も含まれている。

「お前が良くても、他の客が嫌な思いをするかもしれないだろ」

映画を見終わった後、俺は愛梨の買い物に付き合う形で、女性向けファッション店を見て回った。

そして最後に立ち寄ったのがランジェリーショップだ。

俺は愛梨に一緒に入るように言われたが、断固として断った。

そして愛梨はずっとそのことを揶揄い続けてくる。

「……入ったら入ったで、むっつりだなんだのと騒ぐくせに。

「ふーん……じゃあ、私と二人っきりだったら、一緒に選んでくれた？」

「選ぶわけないだろ」

「気にならないの？　私の下着」

愛梨に問われ、俺は紙袋――愛梨の下着が入っている――の持ち手を強く握った。

どんな下着を買ったのか、普段から着けているのか、気にならないと言えばウソになる。

色は？　デザインは？

そんな妄想が一瞬だけ頭の中を駆け抜ける。

「……どうでもいい。それで次はどこに行く？　昼食にするか？」

これ以上、下着の話をするとボロが出そうだと判断した俺は強引《ごういん》に話題を逸らした。

「うーん……そうね。じゃあ、カラオケに行かない？　お昼もそこで食べましょう」

愛梨も下着の話を深追いするつもりはなかったようで、話題の変更に乗ってきた。

俺は思わず胸を撫で下ろした。

「分かった。そうしよう」

そうと決まれば話は早いと、俺たちはカラオケ店へと向かった。

日曜日ではあるが、あまり繁盛はしていないようで……

二名であるにも関《かか》わらず、案内された部屋はそこそこ広かった。

ドリンクバーを利用して飲み物を用意し、料理を注文してから、曲を選ぶ。

俺と愛梨。

普段から仲の良い幼馴染二人でカラオケに来てすることと言えば、仲良くデュエット……

であるはずがない。

「じゃあ、勝負ね」

「望むところだ」

俺たちは採点機能を使い、〝どちらが歌が上手《うま》いか〟の勝負を始めることにした。

俺も愛梨も、元々ピアノを習っていたこともあり、音感は悪くなく、どちらも歌が上手いという自負がある。

……もちろん、上手いのはどちらかと言われれば文句なしに愛梨だ。

俺もその点については認めている……本人には言わないが。

だが歌の上手さと、カラオケの得点の高さは、必ずしもイコールではない。

ルールによっては俺も愛梨と〝対等〟に戦える。

こうして勝負を開始して二時間が経過し……

「……この機械、壊れてない？　採点の基準、おかしいでしょ」

初めて負け越した愛梨は眉を顰めながらそう言った。

愛梨としては「自分の方が上手い」と思っていたこともあり、俺と互角の勝負になっているのは酷《ひど》く不満なのだろう。

「機械のせいにするなよ。そもそも同じ機械を使ってるんだから、条件は同じだろ？」

一方で俺は初めて愛梨に勝ち越すことができたこともあり、気分が良かった。

ジュースを飲み、喉《のど》を潤してからマイクを手に取る。

今が勝負どころだ。差をつけて、突き放してやろう。

「……簡単な曲ばかり選んでるくせに」

「お前だって得意な曲を選んでるだろ」

曲の選定も含めて、戦術の一つだ。

……言いかえれば、そういう工夫をしなければ俺は愛梨に歌で勝てないわけだが。

内心で自嘲しながらも、俺は歌い始める。

歌いながら、愛梨の様子をチラっと確認する。

「……」

愛梨は面白くなさそうな表情で画面を見ていた。

それから俺の顔へと視線を向けてきた。

目と目が合うと、愛梨は僅かに口角を上げた。嫌な予感がした俺は慌てて顔を背ける。

しかしひしひしと感じる視線と妙な気配、そして先ほどの愛梨の笑みが気になり、視線だけを横に向けてしまった。

そこには愛梨の碧《あお》い目があった。

距離は数センチ。愛梨の目の中に驚く俺の顔が写り込んでいる。

露骨な妨害だ。

「〜♪」

俺は再び視線を逸らし、愛梨を相手にしないように、意識の外に置きながら歌を歌う。

「……つまんないなぁ」

愛梨の不満そうな声が聞こえてきた。言外に「相手してよ！」と訴えているような気もしたが、今は勝負の最中なので無視する。

それから数十秒後、曲はサビの部分に入った、その瞬間。

「……えい！」

愛梨のそんな声と共に、俺の脇腹《わきばら》に強い刺激が走った。

「っ……♪」

突然の擽《くすぐ》ったい感触に、俺は声を上擦《うわず》らせた
音が僅かにブレる。

少し遅れて、愛梨が俺の脇腹を指で突いたのだと理解した。

それは反則だと言わんばかりに俺は愛梨を睨みつけた。

しかし愛梨はそんな一颯の反応が面白くて仕方がないらしい。

盛んに俺の脇《わき》を突いたりして、妨害を始めた。

……この女！

「……♫　おい、愛梨！　反則だぞ!!」

間奏に入ったところで俺は声を荒らげて愛梨にそう言った。

しかし愛梨は臆することなく、俺に言い返す。

「いいじゃない。このくらいやらないと……差が付かないでしょ？」

「……次の曲でやり返すぞ？」

「構わないわ。むしろ望むところよ」

「……その言葉、忘れるなよ？　～♪」

俺は愛梨に宣戦布告してから、再び歌い始めた。

できるだけ、気にしないように心掛ける。

しかし開き直った愛梨の妨害は激しさを増していく。

お世辞にも俺は擽りに強いとは言えない。

何度も歌声に笑い声は交じってしまい、結果として今までで一番低い点数を取ってしまった。

「あらあら、一颯君……どうしちゃったの？　喉、枯れちゃった？」

愛梨はニヤニヤと笑みを浮かべながら俺を煽ってきた。

俺は愛梨を強く睨む。

「……愛梨」

「な、何よ……」

思わず出てしまった俺の低い声に愛梨は思わず身を竦めた。

怒られるのが嫌なら、最初からやらなければいいのに。

「……覚悟しておけよ？」

「わ、分かってるわよ」

愛梨はそう言いながら右手でマイクを持った。

そして左手を自分の右腋《わき》に挟み込み、さらに両腕をできるだけ脇腹にくっつけ、背を丸めた。

歌うには不向きな姿勢だ。

しかし擽りから身を守るには最適な形だ。

「……やれるものなら、やってみれば？」

「その姿勢でよくそんなことが言えるな……」

「こ、怖くも何ともないから……♪」

愛梨は俺にそう宣言してから歌い始めた。

どこか怯《おび》えた様子で、時折チラチラと視線を向けてくる。

愛梨は俺以上に擽りに弱く、苦手としているのだ。

「さて、どうしてやろうかな」

俺はわざとらしく声に出しながら、作戦を練る。

卑怯《ひきょう》なことに愛梨は完全に体を丸めてしまっている。

この姿勢では脇腹を擽るのは難しいし、愛梨も強く抵抗するだろう。

もちろん、腕力に物を言わせれば愛梨の腋を開けさせることはできるのだが……

俺としては愛梨を傷つけてしまうことに繋《つな》がることは、選択肢にない。

だが、このままやられっぱなしというのも選択肢にはない。

「……よし、決めた」

俺がポツリと呟《つぶや》くと、愛梨はビクっと体を震わせた。

歌いながらも怯えた表情を見せる愛梨の前に俺はしゃがみ込んだ。

そして愛梨の足首を摑む。

「⁉」

愛梨は驚いたのか、足を蹴《け》るようにして俺の手を振り払おうとした。

しかし俺は強く愛梨の足首を握りしめ、これを押さえ込んだ。

そして愛梨を睨む。

「……～♪」

すると愛梨は観念したのか、足から力を抜いた。

そしてカラオケ映像が映る画面へと視線を向けた。

俺はそんな愛梨の足から靴を脱がした。

靴の中から黒いタイツに包まれた足が姿を現した。

「覚悟しろよ？」

「～♪」

俺はそう言って指で軽く、愛梨の足裏を一掻《か》きした。

※

「覚悟しろよ？」

「んっ……♪」

一颯君の声が聞こえると同時に、私の足裏にゾクリとした感触が走った。

身構えていたにも関わらず、私は小さな声を漏らしてしまう。

同時に足がビクっと跳ねるように動く。

一掻きだけで……。

「相変わらず、弱いな」

「～♪」

一颯君の挑発を無視し、私は歌を歌うことに集中する。

画面を見つめ、表示される歌詞を見つめ、音を拾い続ける。

必死に緊張を押し隠す。

しかし心臓だけは正直で、徐々に鼓動が強くなっていった。

「いつまで持つかな？」

「んっ……♪」

一本の指が私の足裏を激しく擦《こす》る。

満遍なく、円を描くように動き、それから中心へと動く。

さらにその強さも変わっていく。

ま、まだ指、一本だけなのに……。

「～♪　んっ」

少しでも私が反応した場所を、一颯君はまるで確かめるように何度も擽ってくる。

私の敏感な場所を、擽られたくない場所を探っているのだ。

そのせいか、擽ったい感触はどんどん強くなってきている。

「〜〜♪　〜〜♬　〜〜♫」

「意外と頑張るじゃないか」

弱点を悟られぬように、私は必死にポーカーフェイスを保とうとする。

そう簡単に幼馴染の思う通りにはならないと、内心でほくそ笑む。

「ここからが本番な」

一気に擽ったい場所が三つに増えた。

「っぁ……ん、〜♪」

指の数が増えたのだと気付いた時には、私は声を上げていた。

弱い部分を重点的に、絶妙な力加減で責めてくる。

こ、こんなの続けられたら、耐えられないかも……。

「おいおい、さっきから音程が外れてばっかだぞ。大丈夫か？」

「う、うるさい……！」

丁度、間奏に入ったこともあり、私は一颯君に反論した。

上がり切った息を整えながら、一颯君を睨みつける。

「後で覚えてぁン……ちょ、ちょっと……い、今は……」

私が口を開いた途端、一颯君の指が再び動き始めた。

これには私も堪《たま》らず、足を激しく動かしてしまう。

「間奏中は休憩なんてルールはないぞ。ほら、もう始まるぞ」

まだ、全然休めてないのに……。

「うぅ……～♪　んっ♪　ぁ……っン、ぁ♪」

気が付くと、足裏を擽る一颯君の指の数は五本になっていた。

私は足を動かし、擽りから逃れようとするが、がっちりと足首を摑まれ、固定されているせいで、逃げることができない。

も、もう……た、耐えられない！

「だ、だめっ……こ、降参ンン、する、からぁ……」

私の心はすっかり折れてしまった。

恥も外聞もなく、私は一颯君にやめてもらうように懇願した。

だが一颯君は首を横に振った。

「ダメだ。続けろ」

そ、そんな……。

「ゆ、許して……ぁ、んぁ……も、もう、だ、ダメになっちゃう、から……～ん♪」

しかしいくら頼んでも、一颯君は許してくれなかった。

もはや歌うどころではなく、私は必死に擽りに耐え続け、早く曲が終わるように祈り続けた。

そして私にとってはあまりにも長い、長い時が経過し……

ようやく曲が終わった。

一颯君が私の足首を放すのと同時に、私は自分の足裏を手で押さえた。

「くぅ……!!」

一分以上も擽られ続けたせいだろうか。

擽られていないにも関わらず、虫が這《は》うような擽ったさが残っていた。

あんなにやめてって言ったのに……許せない！

「俺の勝ちみたいだな」

一颯君は画面に表示された点数を見ながらそう言った。

私は思わず一颯君を睨みつけた。

すると一颯君は少し怯《ひる》んだ様子を見せた。

「な、何だよ……最初にやったのはお前だろって、お、おい!!」

「よくもやったわね!!」

私は一颯君に飛び掛かり、押し倒した。

そしてすかさず、一颯君の腋下に両手を突っ込んだ。

「ちょ、ちょっと待て……そ、それは反則……っくぅ……あはははは」

「ほらほら、どうしたの？　さっきまでの威勢はさ？」

私は一颯君の上に馬乗りになると、強く擽ってやった。

一颯君は手足をバタバタとさせ、身を捩《よじ》り、苦しそうに笑う。

そんな一颯君の姿は私の嗜虐《しぎゃく》心をそそらせた。

「お、おい……いい加減にしろ！　こ、これ以上は、ゆ、許さないぞ……」

「許さない？　へぇ、じゃあどうしてくれるの？」

こちらを睨みつけてくる一颯君を、愛梨はそう挑発した。

すると一颯君の眼光が鋭くなった。

な、なによ……やる気？

「……後悔するなよ？」

「え、あっ、ちょっと……」

両腕を強く握りしめられた。

擽ってやろうにも、手が全く動かせない。

冷や汗が私の背中を伝った。

「え、あ、そ、その……今日はこのくらいで、勘弁して……」

「百倍返しだ」

次の瞬間、私は体を強く引き寄せられた。

体が前のめりになり、一颯君の胸板に顔をぶつけてしまう。

そして両腕でガッシリと、抱きしめるように体を拘束されてしまった。

「ま、待って、な、何をするの⁉」

「仕返しだよ」

一颯君の体が横に回転した。

同時に一颯君と私の立ち位置が変わる。

気が付くと私は一颯に体を押し倒されていた。

「ちょ、ちょっと……」

私は必死に藻掻《もが》くが、体が全く動かない。

「覚悟しろ？」

一颯君の両手がゆっくりと、私の腋下に伸びていく。

「っひ……」

これ、不味《まず》いやつ……。

私がそう思った瞬間。

擽ったさが腋下で爆発《ばくはつ》した。

「あ、あはははははは‼　や、やめて、だ、ダメ、ダメだから‼」

「許さないって言ったろ？」

「し、死んじゃう、死んじゃうから‼　あははははは‼」

「死んでも許さない」

「ほ、ほんとに、く、苦しい……だ、だめ、ゆ、許し、あははははは‼」

あまりの擽ったさに私はどうすれば良いのか分からなかった。

がむしゃらに体を捩り、手足をバタつかせ、自分を襲う感覚から逃れようとする。

でも、全然抵抗できない。抵抗させてもらえない。

「や、やめて！　ほ、本当に苦しいから……ぁン」

それは擽ったさとは違う、甘くて切なく、痺《しび》れるような刺激だった。

思わず口から吐息が漏れた。

「あっ……」

一颯君も同時に声を上げ、手の動きを止めた。

しかしその手は私の胸をしっかりと摑んでいた。

「……」

「……」

気が付くと一颯君の顔は真っ赤に染まっていた。

私も顔が耳まで熱かった。

私たちは見つめ合ったまま、硬直した。

「大変お待たせ致しました。ご注文の……」


その瞬間、店員さんの声が聞こえた。

その場にはそぐわない、美味《おい》しそうなピザの香りが漂ってくる。

一颯君は私の体から飛び退《の》き、そして私は慌てて体を起こした。

「……マルゲリータになります」

店員さんは淡々とそう言うと、ピザをテーブルに置いて、その場から立ち去った。

「……食べようか。冷めないうちに」

「そ、そうね」

私たちは互いの顔を見ないようにしながら、いそいそとピザを食べ始めた。


こうして私たちの久しぶりのデートは微妙な雰囲気で終わったのだった。

第六章 ＊ 公衆面前ベーゼ編 ＊

ついにこの時が来てしまった。

俺《おれ》は逃げ出したくなる気持ちを抑え、現実を直視した。

目の前には純白のウェディングドレスを着た幼馴染が立っていた。

幼馴染《おさななじみ》の顔は緊張で強張《こわば》り、また照れくささからか仄《ほの》かに赤くなっているように見えた。

「最後に君と……こうして結ばれることができて、嬉《うれ》しく思う」

俺は恥ずかしさで死にそうになりながらも、何とかその言葉を口にした。

一方で幼馴染は小さく首を左右に振った。

「最後ではありません。始まりです。これからは永遠に一緒……そうでしょう？」

いつもの生意気な態度とは異なる、お淑《しと》やかな口調で幼馴染はそう言った。

俺はそんな少女の態度に強い違和感を覚えながらも頷《うなず》く。

「あぁ……そうだったね」

俺はそう言うと、幼馴染の肩に手を置いた。

ゆっくりと引き寄せてから、ベールを軽く上げる。

幼馴染の潤んだ瞳《ひとみ》とふっくらとした唇が露《あら》わになった。

「愛してる」

「愛しています」

俺たちは互いに愛の告白をすると、ゆっくりと顔を近づけた。

そして唇と唇が……

※

「二人は幸せなキスをしてから自殺……え？　なにこれ、キスシーンあるの⁉　聞いてない‼」

台本を読み終えた愛梨《あいり》は大きな声でそう叫んだ。

顔が真《ま》っ赤《か》に染まっている。

俺——風見一颯《かざみいぶき》もこの内容には動揺せざるを得なかったが、顔に出すのは堪《こら》えた。

「……俺も聞いてないんだけど」

俺は台本を書いた人物……文化祭で行う演劇の脚本担当にそう尋ねた。

俺たちの学校では毎年、十一月頃に文化祭が行われる。

文化祭では一年生は演奏、二年生は演劇を各クラスが披露するのが伝統だ（ちなみに、三年生は受験で忙しいということで特に何もない）。

各々が衣装や舞台装置、キャストなどの役割を担う中で、俺と愛梨は演劇の主役を演じることになった。

もちろん、俺はこんな大役を進んで引き受けたくはなかった。

しかしクラスメイトに乗せられた愛梨がヒロイン役をやることになった——俺と違い、こいつは目立ちたがり屋だし、おだてにも弱い。

そして愛梨に無理矢理誘われる形で、その相手役を引き受ける羽目になったのだ。

——別に演劇の中とはいえ、幼馴染の恋人役を俺以外の男が引き受けるのが気にくわなかったとか、そんなことは全くないので勘違いしないで欲しい。

「別にいいでしょ？　恋人同士なんだし……」

「「恋人じゃない!!」」

クラスメイトの言葉に俺たちは揃《そろ》って反発した。

するとクラスメイトは意外そうな表情を浮かべた。

「でも、二人が放課後、教室でキスしてたって……」

「「あ、あれは愛梨（一颯君が）!!」」

また声が重なった。

真似をするなと俺が愛梨を睨《にら》むと、愛梨も俺を睨み返してきた。

いや、喧嘩《けんか》をしている場合ではない。

「そ、そもそも公衆の面前でキスっていうのはね……ハードルが高すぎるというか、健全じゃないと思うのよ」

愛梨はわざとらしく咳払《せきばら》いをしてからそう言った。

「いや、別に二人きりならいいというわけでもないけれど……」

それから赤らんだ顔で言い訳するように、早口でそう言った。

誰《だれ》もそんな揚げ足取ってないが……しかし基本的には俺も愛梨と同意見だ。

「俺も嫌だぞ。愛梨とキスするなんて……」

「何それ？　どういう意味⁉」

俺の言葉に愛梨は眉《まゆ》を吊り上げ、怒り始めた。

〝キスをするのが嫌＝魅力がない、汚い〟と捉《とら》えたのだろうか？

俺の言い方も悪かったが、そんな風に怒ると、本当はお互いにキスし合う仲に見えるぞ？

「別にそんなに酷い意味じゃねぇよ……ムキになるな」

「べ、別にムキになんて……」

愛梨はハッとした表情で縮こまった。

もじもじとし始めた愛梨は一先《ひとま》ず放っておき、俺はクラスメイトに尋ねた。

「このシーン、必要なのか？　高校生がやるには少し過激な気がするんだが……」

高校生の演劇なのだから、もっと健全な内容にするべきではないか。

と、俺は優等生な疑問を問いかけた。

すると脚本を書いたクラスメイトは大きく頷いた。

「あった方が盛り上がるじゃない。どうせなら、優勝したいでしょ？」

「いや、別に俺はそこまでして……」

「いいじゃない。キスするフリくらい」

「「……フリ？」」

クラスメイトの言葉に俺と愛梨は揃って首を傾《かし》げた。

「そう、フリ。……え、本当にするつもりだったの？」

クラスメイトは口に手を当て、驚いた様子で目を見開いた。

一方、俺と愛梨は揃って顔を赤らめた。

「ま、まさか……俺は最初から、フリだと思ってたさ！」

「わ、私だって……フリだと思ってたわ！」

俺と愛梨は慌てた様子で、弁解するように言った。

クラスメイトは訝《いぶか》しげな視線を二人に向けたが、しかしすぐに笑顔を浮かべた。

「じゃあ、よろしくね。心中するカップル役」

「あ、あぁ……もちろん！」

「ま、任されたからにはね！」

俺と愛梨はガクガクと首を縦に振った。

※

放課後。

俺と愛梨は二人で、俺の部屋で台詞《せりふ》の練習をすることにした。

「最後に君と……こうして結ばれることができて、嬉しく思う」

「最後ではありません。始まりです。これからは永遠に一緒……そうでしょう?」

「あぁ……そうだったね」

「愛してる」

「愛しています」

「「……ふぅ」」

俺たちは交互に台詞を諳《そら》んじてから、小さくため息をついた。

読んでいる分はそうでもないのだが、口に出すと小恥ずかしさを感じてしまう。

「ま、まあ、台詞は何とか、覚えられたわね」

「そうだな。後は演技だけか……」

こういうのは下手に恥ずかしがったり、棒読みの大根役者になる方が余計に恥ずかしい。

しかし幼馴染相手に台本通りの台詞とはいえ、「愛している」などと口にするのはとてつもなく恥ずかしく……辛《つら》い。

「しかし思うのだけれど……これ、ハッピーエンドじゃダメなのかしらね？」

愛梨はその場の空気を誤魔化《ごまか》すようにそう言った。

俺は愛梨の言葉に首を傾げる。

「テーマが駆け落ちなんだから、最後は心中じゃないとダメなんじゃないか？　それとも駆け落ちモノは嫌いか？」

俺の言葉に愛梨は顎に手を当てながら答える。

「う、うーん……別に駆け落ちモノは嫌いじゃないというか、むしろ好きな方かもしれないけれど……」

「あれ？　そうなのか？　そもそも恋愛物は好きじゃないと思っていたけど」

俺の問いに愛梨は頷いた。

「まあ、そうだけれど。王子様に攫《さら》われるという展開は私個人の趣味としてはアリかなという感じではあるのだけれど……」

「……へぇ」

「でも、私、ロミオとジュリエットよりは、シンデレラの方が好きなのよね。やっぱり、ハッピーエンドになって欲しいというか、攫われた先でしっかり幸せになって欲しいというか、なりたいというか……」

愛梨はそこまで言いかけてから、ハッとした表情を浮かべた。

そして慌てた様子で顔の前で手を振った。

「い、いや、今のはあくまで、物語の話だけれどね？」

「そりゃあ、そうだろ。現実に誘拐されたいなんて、変態もいいところじゃないか」

「へ、へん……そこまで、言わなくても……」

俺の言葉に愛梨は口をへの字に曲げた。

……もしかして、本当にその手の願望があったのだろうか？　だとすれば、〝変態〟は言い過ぎたかもしれない。

「それよりも、キスシーンよ。……どうしましょうか」

愛梨は露骨に話題を逸《そ》らした。

極力考えたくない話題に触れられ、俺は思わず眉を顰《ひそ》めた。

「どうしましょうも何も……やるしかないだろ？　……フリでいいんだし、いいんじゃないか？　適当で」

「……そのフリが問題よ。要するに、観客からはしているように見えないといけないのでしょう？」

「そうだな。……それが？」

「どうやってやるの？」

「そりゃあ……」

俺は自分の背後に観客がいると想定しながら、愛梨の肩に手を置いた。

そして自分の方へと抱き寄せる。

「え、あ、ちょ、ちょっと……」

俺は愛梨の額に自分の額を押し当てた。

これで後ろからは、俺と愛梨がキスをしているように見えるはずだ。

「こんな感じ……か？　……愛梨？」

俺は愛梨に問いかけたが、返事がない。

よく見ると愛梨は目をギュッと瞑《つむ》り、顔を真っ赤にしたまま硬直していた。

※

それは唐突だった。

「そりゃあ……」

どうやってやるのか。

私の疑問に答えるかのように、一颯君は私の肩に手を置き、抱き寄せてきた。

とても強い力で。

「え、あ、ちょ、ちょっと……」

――キスされる!!――

迫ってくる一颯君の顔を前に、私は咄嗟《とっさ》に目を瞑った。

ギュッと体を硬くし、受け入れる準備をする。

こつん、と額と額がぶつかり合う。

「こんな感じ……か?」

しかしいつまで経《た》っても、〝ソレ〟は来なかった。

一体、いつされてしまうのかとドキドキしていると……

「……愛梨?」

一颯君が私の名前を呼ぶ声がした。

何だか様子が違う。

「……い、一颯君?」

私は恐る恐る目を開けた。

そして目の前に現れた幼馴染の端整な顔立ちを前にして、思わず目を逸らす。

……昔は女の子みたいな顔してたくせに。

「え、えっと……こ、これは？」

「だから練習。してるフリだよ。……後ろからはそう見えるんじゃないかなと」

あぁ、なるほど。……って！

「ば、馬鹿《ばか》!!」

紛らわしい!!

私は一颯君の胸板を両手で強く押した。

全力で押したにも関《かか》わらず、一颯君は僅《わず》かに体幹をよろめかせただけだった。

「馬鹿とはなんだ、馬鹿とは……」

「も、もっと説明しなさいよ！　か、勘違いしちゃったじゃない!!」

私は唇を押さえながら叫ぶように言った。

すると一颯君はようやく気が付いたのか、慌てて私から離れた。

そして僅かに赤らんだ顔を背《そむ》けた。

「ば、馬鹿はお前だろ！　最初からキスのフリの話をしてるんだから……その話に決まってるだろ！」

「そ、その説明が足りないって言ってるの！」

「だからと言って……俺がお前に突然、キスするわけないだろ！」

「そ、それは……わ、分からないじゃない!!」

「何でだよ」

「だ、だって……前に言ったじゃない！　そういう気分になったら……」

――キスしていいか？って

私は以前に一颯君が口にした言葉を繰り返した。

私の言葉に一颯君は硬直した。

そんな一颯君の様子に私もハッとする。

「そ、その……私は、ほら、美少女だし？　いくら一颯君が紳士でも……魅力にやられちゃって、抗《あらが》えなくなることもあるかなって」

「そ、そんなこと、あるわけ……ないだろ」

一颯君は目を逸らしながらそう言った。

目を逸らすのはやましい気持ちがあるからじゃないの？

私はそう思ったが、それを口には出せなかった。

取り返しがつかなくなる気がしたから。

「……」

「……」

しばらくの沈黙。

気まずい空気を打ち破るために、私は口を開いた。

「そもそも……本当にフリができてるかどうかなんて、見てもらわないと分からないじゃない」

「そ、それもそうか。となると、誰に見てもらう？　母さ……」

「絶対に嫌！」

私は強い口調で否定した。

全く、何を言い出すんだ、この幼馴染は！

「俺も嫌だから、安心しろ」

「それは良かったわ」

さすがの一颯君も親の目の前でキスのフリをする練習をするほど、無頓着ではないようだった。

それから私は代替案として、携帯を取り出した。

「別に人に見てもらわなくても、撮影すれば確認できるわ。自分で確認した方が手っ取り早いでしょう？」

「ふむ、それもそうだ……じゃあ、やろうか」

「え、えぇ……」

私は携帯のカメラ機能をオンにして、観客の視線の高さになるように設置した。

そしてあらためて一颯君に向き直る。

「身長的に俺がカメラに背を向ける方がいいはずだ」

「そうね。私もそう思うわ」

さあ、始めましょう。

言外にそう伝えるように私は一颯君の顔を見上げた。

すると一颯君は私の背中に手を回し、強い力で抱き寄せてきた。

私はそっと背伸びをする。

こつん、と互いの額を合わせた。

鼻先と鼻先が触れ合う。

「ふ、ふぅ……」

「……はぁ」

あとほんの数センチで、唇同士が触れ合ってしまうほどの距離。

時折、一颯君の口から漏《も》れた吐息が、私の唇を擽《くすぐ》る。

――吐息を通じてキスしているみたい。

脳裏にそんな発想が思い浮かび、私は背筋にゾクリとした快感のようなものが走るのを感じた。

一颯君の瞳の中に、蕩《とろ》けた私の顔が映り込む。

もう、耐えられない……！

「も、もう……いいんじゃないかしら？」

「そ、そうだな」

私の言葉に一颯君は背中に回していた手を離した。

私は慌てて一颯君から距離を取る。

そして激しく鼓動する胸を押さえたくなる衝動を抑えつつ――ドキドキしてしまったことを悟られるわけにはいかない――、大きく深呼吸をした。

「さ、さて……成功したか、確認しようかしら」

「そうだな」

私は設置していた携帯を手に取り、録画していた動画を再生した。

一颯君もまた画面を覗《のぞ》き込む。

「こ、これは……」

「せ、成功……ではあるわね」

そこには〝キスをする自分たち〟が映っていた。

狙《ねら》い通りというには出来過ぎていた。

「……」

「……」

その映像はあまりにもリアリティがあった。

当然だろう。

何しろ、画面の中でキスをしているのは私たちだ。

それは会話もしたことがない美男美女が絡《から》み合《あ》っている映像よりも、何十倍も生々しい物だった。

――こ、これを、公衆の面前で‼

無理だ、とは言えなかった。

すでに引き受けてしまったのもあるが、何よりもキスをしている〝フリ〟で意識してしまったことを、幼馴染に悟られるのは私のプライドが許せなかった。

「ほ、本番は何とかなりそうね！」

「完璧《かんぺき》だな」

私が本心を誤魔化すために強気な笑みを浮かべると、一颯君もまた同様に笑みを浮かべ、頷き返した。

「……」

「……」

そしてまた沈黙。

……ちょっと雰囲気が良くない。

悪いわけではないが、妙に浮ついてしまっている。

このままだと、大事な一線を越えてしまうような、そんな雰囲気。

「今日はここまでにしないか？」

「そ、そうね」

一颯君の提案により、その日の練習は解散となった。

※

文化祭終了後。

校舎の隅にて。

「あぁ、最悪……」

愛梨は死んだような声でそう言った。

顔を覆《おお》い隠し、しゃがみ込んでいる。

耳はその先端まで真っ赤に染まっていた。

白いドレスを着たままのせいか、その赤く染まった肌は目立って見えた。

「愛梨、そろそろ後夜祭、始まるぞ」

「……やだ、行かない」

俺は愛梨の腕を掴《つか》み、立ち上がるように促した。

しかし愛梨はイヤイヤと首を左右に振る。

「そりゃあ、自由参加だけど……高校二年の後夜祭は今回だけだぞ？　行かないと後悔しないか？」

「……もう、後悔してるもん」

愛梨はか細い声でそう言った。

俺は思わずため息をつく。

「別にそんな大した失敗でもなかっただろ。結果的には盛り上がったし……」

「うるさい！」

俺の言葉に愛梨はパッと顔を上げた。

そして少し潤んだ碧色《あおいろ》の瞳で俺を睨みつけきた。

「公衆の面前で辱《はずかし》められて……映像まで取られた私の気持ちなんて、一颯君には分からないわよ!!」

愛梨の言葉に俺は思わず頬《ほお》を掻《か》く。

「……それは俺も同じなんだけどなぁ」

そして数十分ほどまでのことを思い返した。

※

舞台の上では、主人公《俺》とヒロイン《愛梨》が心中をするクライマックスシーンを迎えていた。

絶対にミスするわけにはいかない。

そんな場面だ。

緊張のせいで心臓がバクバクと音を立てる。

「最後に君と……こうして結ばれることができて、嬉しく思う」

「最後ではありません。始まりです。これからは永遠に一緒……そうでしょう？」

「あぁ……そうだったね」

台詞を言い終えた俺はそっと、愛梨の顔を覆うベールを取った。

ベールの下から現れた愛梨の顔は非常に強張っている。

顔に「緊張しています」と書かれているみたいだ。

もちろん、俺も同じような顔をしているかもしれないが……

しかしそれもこれで終わりだ。

「愛してる」

俺は気恥ずかしい気持ちを堪《こら》えながらも、そう告げた。
何とか、言えた。
「愛しています」
そして愛梨もまた、声を僅かに震わせながらもそう言った。
俺は愛梨の背中に手を回し、軽く抱き寄せた。
そして練習通りに愛梨の顔に自分の顔を近づける。
そしてこつん、と額と額を合わせた。
鼻先と鼻先が僅かに触れる。
互いの吐息が唇を擽り合う。
愛梨の瞳の中に、緊張した顔の俺が映り込む。
——キスをして、三秒。
その後に二人で毒杯を呷《あお》って死ぬ。
それが台本だった。
三。
二。
俺が心の中で時を数え、もう少しで終わる。
その時だった。

「あっ……」

ガクっと愛梨の体が大きく沈み込んだ。

俺は慌てて愛梨の体を受け止める。

そして愛梨も慌てた様子で俺の体を強く抱きしめ返した。

そして観客席から歓声が上がる。

「だ、大丈夫か？」

「ご、ごめん……なさい。少し緊張してしまいましたわ」

幸いにもその場はアドリブで何とか切り抜けることができた。

しかしながら……愛梨はそうは思わなかったらしい。

※

「私、もう学校に行けない……」

「大袈裟《おおげさ》だなぁ……キスのフリの方がよっぽど恥ずかしい内容な気がするが」

ただよろけて、俺に抱き着いただけ。

そんなに恥ずかしいことか？　と俺は首を傾げた。

「キスは台本通りだからいいのよ」

「別に観客は台本を知らないが……」

「クラスのみんなは？　陽菜《ひな》ちゃんと葛原《くずはら》君は⁉　パパとママは⁉」

「それは……」

台本を知らない観客は愛梨が俺に抱き着いたものも含めて、演技だと思っているだろう。

しかし知っている者たちは、それが当初の予定通りではない事故……もしくは二人のアドリブだと思うはずだ。

「きっと、あいつらはこう言うに違いないわ。わぁー、愛梨ちゃん大胆‼　もしくは、こうかしら？　大事な演劇の最中に彼氏に抱き着くなんて、何を考えてるの？　あの色ボケ女。それともこうかしらね？　面倒くさい彼女を持って、一颯君も大変ねぇ～」

「なるほど」

愛梨が言うところの〝あいつら〟というのは、おそらく葉月《はづき》や葛原ではないだろう。

もちろん、両親ではない。

一部のクラスメイト……特に女子生徒を指しているようだ。

愛梨は美人なので、いろいろとやっかみを受けることも多いのだろう。

……だったら、ヒロイン役なんて引き受けなければいいのに。

「彼女はともかく、面倒くさい幼馴染を持って大変なのは本当だな」

「……うるさい」

愛梨は頬を膨らませ、顔を背けた。

俺は愛梨の腕を軽く握った。

「ほら……後夜祭、始まるぞ」

「……別にどうでもいいもん。どうせ、つまらない素人の漫才とか、くだらないフォークダンスでも踊るだけだし。そんなに行きたければ、一颯君、一人で行けば？」

愛梨はそう言って乱暴に俺の腕を振り払った。

俺はため息をついた。

全く……拗《す》ねやがって。

しかしこうなったら、梃子《てこ》でも動かないだろう。……仕方がない。

「そうか……」

俺は愛梨の隣に座った。

愛梨は不思議そうに首を傾げた。

「……行かないの？」

「お前がいないのに行っても意味がない」

「高校二年の後夜祭は今日だけなんじゃないの？」

「だからだよ」

「……そう」

俺の回答に愛梨は嬉しそうに僅かに微笑んだ。

それからニヤリと生意気な表情を浮かべた。

「全く、一颯君たら。寂《さび》しがり屋なんだから。仕方がないなぁ」

「……調子のいいやつめ」

俺が一人でいったら、絶対に後でウジウジ文句を言うくせに。

俺は苦笑いを浮かべた。

そして愛梨に尋ねる。

「ところで、どうしてよろけたんだ？　……体調が悪いわけじゃないよな？」

「ちょっと……ちょっと、緊張しただけよ」

「そうか」

演劇中なのだから、緊張してしまうのは当然だ。

山場のシーンを終えたところで緊張の糸が切れてしまい……というのは、納得のできる理由だった。

「……別に腰が砕けちゃったわけじゃないから」

……わざわざ、言わなくていいことを言うなよ。

本当にそんな気がしてくるじゃないか。

「……何か言ったか？　愛梨」

「別に、何も」

愛梨はそう言いながら俺の肩に自分の頭を乗せた。

その頬は夕日に照らされ、赤く染まっていた。

第七章 ＊ 駆け落ちデート編 ＊

そこは真夜中の遊園地。

美しくライトアップされたお城、光り輝く噴水、そして夜空には花火。

自然が作り出す闇夜《やみよ》と人工の光が交ざり合い、どこか曖昧で不確かな世界を作り出していた。

昼と夜。

光と闇《やみ》。

生と死。

唯物と観念。

現世と幽世。

現実と幻想。

　そのような狭間《はざま》の、境界線の世界を人はこう呼ぶ。

〝夢〟

そのような〝夢〟の世界に俺《おれ》たちはいた。

「……綺麗《きれい》だね」

夢の世界に相応《ふさわ》しい、妖精《ようせい》のように可憐《かれん》な容姿の少女がどこかぼんやりとした声でそう呟《つぶや》き、俺の肩に頭を乗せた。

「そうだな」

相槌《あいづち》を打つ俺の声も、どこかぼんやりと聞こえた。

俺は特に意味もなく、少女の肩に手を回した。

そして軽く引き寄せる。少女は拒まず、むしろ俺の腕に自分の腕を絡《から》めてきた。

しばらくの沈黙の後、俺は口を開いた。

「……一つ、聞いていいか？」

「……なぁに？」

少女は何かを察した様子で、俺の顔を見上げた。

俺はじっと、少女の顔を見つめ……

――していいか？

※

遡《さかのぼ》ること、一日前。

「おはよう！　一颯君《いぶき》!!」

俺が家から出ると、ニコニコと笑顔を浮かべた幼馴染《おさななじみ》――神代愛梨《かみしろあいり》が大きな声で出迎えてくれた。

その大きな声に俺は思わず眉《まゆ》を顰《ひそ》める。

申し訳ないが、朝からこんなに高いテンションに付き合ってられない。

「……おはよう」

俺は低い声でそう返した。

すると愛梨は不思議そうに首を傾《かし》げた。

「あれ？　一颯君、テンション低いね。……男の子の日？」

「そんな日はない……ことはないらしいが」

「え？　そうなの⁉」

「うむ。ただ……俺のテンションが低いのは、低血圧だからだ。そしてお前のうるさい声を開幕で聞いたからだ」

「えー、酷《ひど》い！　こんなに可愛《かわい》い声してるのに！」

顔はもっと可愛いけど。

にぱー、と愛梨は自分の頰《ほお》に指を当てて、俺に対して笑顔を浮かべてみせた。

アッパー系の何か良くないものでもキメてるのだろうか……？

「頼むから朝からトップギアのテンションはやめてくれ……ついていけない」

「あら、そう。なら、ちょっとずつ上げていくわね」

「上げなくてもいいが……」

とはいえ、愛梨と多少会話をしたおかげか、俺も頭に血が回り始めて来た。

「どうしてそんなにテンションが高いんだ？　いいことでもあったか？」

「いいことはないけど、これからあるはずだわ」

「これから？」

「今日は模試の返却日じゃない」

「あぁ……」

愛梨の言葉に俺は思わず声を上げた。

今日は俺と愛梨が以前予備校で受けた、校外模試の返却日だったのだ。

「なに、その反応。どうせ俺は満点だけどみたいな感じ？」

「さすがに全科目はないが……」

「全科目は、ねぇー」

愛梨は俺をジト目で見つめてきた。

個別の教科なら、過去に幾度か満点を取ったことがある。今回も自己採点が誤っていなければ、近い点数が取れているだろう。

取れなかったら恥ずかしいので、口には出さないが。

「愛梨は自信あるのか?」

「まあ、珍しく勉強はしたからね」

「確かに、頑張ってたもんな」

胸を張ってみせる愛梨に、俺は思わず笑みを浮かべた。

確かに今回の模試では、愛梨はそれなりに勉強していた。

勉強時間がほぼゼロに近かった人間が、多少なりとも勉強に手を付けたのだ。

少なくとも悪くなることはあるまい。

「もう、二年生の冬だしね。個人的には大丈夫のDが欲しいところだわ」

「三年の夏休みでもEの人は少なくなさそうだが……」

「第一志望はそれでもいいけど、第二志望以下は安全圏にいたいじゃない」

「それもそうか」

EやDというのは、もちろん大学受験の合格判定のことだ。

もっとも、模試の判定なのであまり当てにはできないが……目安にはなるし、何より自信に繫《つな》がる。

「……最低限の保証は欲しいから」

愛梨は真剣な表情でそう言った。

それから人が変わったように肩を落とした。

「あぁ……ど、どうしよう……ふ、不安になってきちゃった！」

「お前、情緒不安定だなぁ……」

「だって……不安なんだもん……」

期待と不安に交互に襲われている……というよりは、不安を期待で打ち消そうとしている感じなのだろうか？

何にせよ、あまり良い精神状態ではなさそうだ。

勇気づけたいが……何と言えばいいのやら。

「最悪、浪人すれば何とかなるだろう」

一般的かどうかは分からないが、うちの高校は浪人する人が多い。

確か愛梨の父親も、浪人した経験があったはずだ。

身近に経験者がいると、やはり抵抗感は小さくなる。

……俺も手段の一つとして、考慮に入れている。

「一颯君がキラキラ大学生やってる中で私だけ実家で浪人とか、絶対に嫌よ」

「俺が受かるとは限らないが……」

「第一志望がすでにA判定の人が、何言ってるの？　仮に落ちたとしても、第二、第三で滑り止まるでしょ。それとも私に付き合ってくれるの？」

「いや、付き合いはしないが……」

「でしょ？」

愛梨の言葉に反論できず、俺は頰を掻《か》いた。

とはいえ、目標に届かなければ翌年再チャレンジするか、もしくは妥協するかの二択しかない。

そうなった時、お前は妥協するのか？　してもいいのか？

……などと、俺はとても言えなかった。

「すまない。その話は少し早すぎたな」

元気づけ方を間違えた。これはどう考えても俺が悪い。

そもそも大学受験は来年以降の話だ。悩むには早すぎる。

「そうよ。……まだ、一年以上あるんだし。大丈夫……」

愛梨は自分に言い聞かせるようにそう言った。

正直なところ、俺には愛梨が焦《あせ》り過ぎているようにも見える。

愛梨の言葉通り一年以上はあるし、その気になれば二年目、三年目と延長できる。

どうしても夢を叶《かな》えたいという熱意があれば、そういう選択肢を選ぶこともできるだろう。

愛梨は自分にはできないと思っているようだが……

俺にはそうは見えない。

俺は愛梨の能力が決して低くないことを、そしてその気になりさえすれば努力できる女の子であることを知っている。

もっと前向きになってもいいと思うのだが……。

「……ところで第一志望の大学はどこなんだ？」

「えっ……？」

ふと、気になった俺は愛梨にそう尋ねた。

志望学部については家出の時に知ったが、志望大学については聞いていない。

そんな俺の問いに愛梨は頬を掻いた。

「……秘密」

唇に指を当て、悪戯《いたずら》っぽく微笑み……

誤魔化《ごまか》した。

※

「はぁ……」

予備校からの帰り道。

後ろから大きなため息が聞こえた。

愛梨の声だ。

俺は足を止め、先ほどから後ろをとぼとぼと歩く愛梨を振り返った。

「……愛梨」

「先、行っていいよ……」

愛梨は暗い表情で俺にそう言った。

一人にして欲しい。そう訴えているようにも見えた。

「そうはいかない」

俺は首を大きく左右に振って、愛梨の提案を拒絶した。

大切な幼馴染を夜道で一人、歩かせるわけにはいかない。

彼女が落ち込んでいるなら、尚更《なおさら》だ。

「そう……」

一方の愛梨は力なく項垂《うなだ》れた。

「先に行ってって言ってるじゃん！」と癇癪《かんしゃく》を起こすに違いないと身構えていた俺は拍子抜けしてしまう。

「……分かってたの」

愛梨はポツリとそう言った。

そしてゆっくりと顔を上げる。その碧色《あおいろ》の瞳《ひとみ》は僅《わず》かに潤んでいた。

「普段よりもちょっと手応えがあったくらいで、劇的に上がるわけじゃないって。この程度の努力じゃ、大して伸びないって」

今回の愛梨の模試の結果は、決して悪くはなかった。

だが良くもなかった。愛梨の目標には及ばなかった。

「努力したと言っても……元がしてなさ過ぎただけ。ちょっとは上がったんだから、成果はあったのよ。ええ……分かってる。大して努力もしてないし、遊んだりもしてたからね。必死さも全然、足りてなかったし……だから、当然の結果なの」

「愛梨、俺は……」

「私は一颯君と、違うから。一颯君ほど、地頭も良くないし。毎日、コツコツやってた人に、数か月の努力で追いつけるはずないって、分かって……」

「愛梨‼」

俺は愛梨を強く抱きしめた。

愛梨はビクっと体を大きく震わせた。

「俺は知ってる。……ちゃんとお前は、頑張ってた」

俺は愛梨の耳元でそう言った。

すると愛梨は俺の胸元《むなもと》に自分の顔を押し当てた。

そして小さく嗚咽《おえつ》を漏《も》らし始める。

「ごめん、ごめんね……私、一颯君に、また当たって……」

「大丈夫、大丈夫だから。気にしなくていい」

俺は愛梨の頭を撫《な》でながら、繰り返しそう言った。

しゃくり上げるような泣き声が、段々と治まっていく。

「一颯君……私、ね……」

愛梨はゆっくりと、顔を上げる。

その顔は涙に濡《ぬ》れていた。

「……同じ時間を、同じ場所を、歩きたいの。……自惚《うぬぼ》れ過ぎてるかな？」

……薄々分かっていた。

大学進学しても、ずっと一緒にいたいと彼女が思っていると。

だって、俺も同じことを思っていたから。

「そんなことない」

俺は愛梨の言葉を強く否定した。

「お前はお前が思ってる以上に……凄《すご》いやつだ。だから大丈夫」

「無理よ」

「まだ時間は……」

「無駄よ」

愛梨は語気を強め、俺の言葉を否定した。

そして弱々しく、首を左右に振った。

「無理だって……思っちゃったもん。折れちゃった……」

「……そう、か」

頑張れ。

と、そう言うことは簡単だった。

しかしながら、もう頑張れないという幼馴染に言葉だけの励ましを口にすることはできなかった。

「ごめんね、一颯君……私、重いよね」

「……大したことじゃない」

「……先に行って。私のことはもう、置いていっていいよ」

言葉とは裏腹に、愛梨は俺の服の袖《そで》を掴《つか》みながらそう言った。

俺は愛梨が落ち着くまで、彼女を抱きしめ続けた。

※

「おはよう、愛梨」

翌朝、家から出てきた愛梨に俺はそう声を掛けた。

普段なら愛梨の方が先に俺を待ち構えているのだが、今日はその逆だ。

……多分、学校に行く気分にならないのだろう。

「……おはよう」

愛梨はムスっとした表情をしていた。

とても機嫌が悪そうだ。

「……先に行けばいいのに」

「先に行ったら、拗《す》ねるし、怒るだろ」

「……遅刻しちゃうよ？」

「お前の機嫌の方が大事だ」

「そう……」

俺がそう言うと、愛梨は不機嫌そうな顔のまま、歩き始めた。

俺は慌てて彼女の後を追う。

「待てよ、愛梨」

「……待たない。遅刻だよ？」

「どうせ遅刻だろ。ゆっくり行こう」

俺がそう言って呼び止めると、愛梨は足を止めた。

そして大きなため息をついた。

「うん……そうね」

「……体調が悪いなら、休めばいい」

俺は愛梨に追いつくとそう言った。

しかし愛梨は首を弱々しく左右に振った。

「今日は悪くないよ……」

「そうか……」

二人はゆっくりと歩き始めた。

愛梨の足取りは先ほどまでの早歩きが嘘《うそ》のように遅い。

本当は学校に行きたくないのだろう。

さて、どう元気づけようか。

愛梨の気持ちはともかくとして。

正直なところ、俺は愛梨がその気になれば、一年も時間があれば、十分に成績を上げられるんじゃないかと思っている。
俺の中では愛梨は地頭が良い印象があるのだ。
小学生や中学生の頃は、俺と同じかそれ以上にできていたわけだし……。
だからどうにかして、愛梨をやる気にさせたい。
奮起して欲しい。
落ち込んでいる姿は愛梨に似合わない。
しかしどんな言葉を掛ければ愛梨が奮起してくれるか、検討が付かない。
どうしたものかと俺があれこれ悩んでいると、気が付けば駅に到着してしまった。
あっという間に上りの電車が来る。
いつもの満員電車だ。
「最悪……」
げんなりとした表情で、愛梨は呟いた。
調子が悪い時の満員電車ほど、気が滅入《めい》るものはないだろう。
「……そうだな」
俺は相槌を打ちながら、背後へ視線を向けた。
丁度、同じタイミングで下りの電車も来ている。
こちらはガラガラに空いていた。

……よし、決めた！

「行こうか」

俺は愛梨の手を握った。

「うん……えっ？」

唐突に手を握られた愛梨は少し驚いた表情で、俺の顔を見上げた。

俺はそんな愛梨に笑いかけ、改めて宣言した。

「行くぞ」

そして愛梨の手を引きながら駆け出す。

「ちょっ……え、え⁉」

下りの電車に乗車した。

同時にドアが閉まり、二人の学校とは反対方向に進み出す。

「……どうしたの？」

「駆け落ち、しよう」

困惑気味の愛梨に対し、俺はそう言った。

「か、駆け落ち……？」

「ああ」

大事なのは言葉よりも行動だと思う。

「遊びに行こう」

　我ながら名案だ。

※

「それで、どこに行きたい？」

「意味が分からないんだけど」

　幼馴染の唐突な提案に、私――神代愛梨は思わず眉を顰めた。

　今から学校だけど……。早くしないと、遅刻しちゃう。

　いや、もう遅刻は確定か……逆方向の電車に乗っちゃったし。

「だから、遊びに行こうって」

　一颯君は同じ言葉を繰り返した。

　どうやら本気で学校をサボって、遊びに行こうと提案しているらしい。

　どうしてそんな気紛《きまぐ》れを起こしたのか、理由は明らかだ。

「……何それ。慰めてるつもり？」

　見るからに落ち込んでいる私を慰めようという、一颯君の好意なのは分かる。

　でも、試験結果が悪かったのは全部私の自己責任だ。

それを安い同情から慰められるのは、なんか腹が立つ。

……何より、今から遊ぼうという気分になれない。

「俺が遊びたいだけだ。どうせ遅刻だし、サボろう」


下手な嘘だ。

そもそも、誰《だれ》のせいで遅刻になったのか、分かっているのだろうか？

やり方も強引《ごういん》だ。

「……本気なの？」

「本気だ」

「……はぁ」

こんなことで私が元気になると思っているのか……呆《あき》れてしまう。

でも、そうだなぁ。

「じゃあ、遊園地」

「おーけー、遊園地な。そうだな、ここから一番近いのは……」

一颯君は明るい声でそう言った。

早速、計画を立て始める一颯君を目にし、私は心の奥底から黒い物が湧《わ》き上がるのを感じた。

「ただの遊園地じゃなくてさ」

困らせてやりたい。傷つけてやりたい。

純粋な幼馴染の好意を汚してやりたい。

「東京の遊園地ね」

「東京？」

「厳密には東京じゃないけど」

つまり日本で一番有名な遊園地のことだ。

入園料も高いし、交通費も掛かる。気軽に遊べるような場所じゃない。

「なるほど、あそこかぁ……」

「まあ、さすがに無理だよね」

軽い気持ちで〝駆け落ち〟とか言う方が悪い。

「よし、行こうか」

「じゃあ、早く学校に……え？」

一颯君の言葉に私は耳を疑った。

「……冗談はやめてよね」

「こんなつまらない冗談は言わない」

「でも、遠いし、高いよ？」

「でも、行きたいんだろう？」

「それは……確かに、そう言ったけどさ……」

行きたいか、行きたくないかで言えば行きたい。

一颯君と二人でとなれば、絶対に楽しいに決まってる。

でもそんな遠いところに行くのは……。

「ゲームセンターとかでもいいじゃん。十分、楽しいし……そもそも、学校だって、休むほどのことでも……」

「どうせなら、一番楽しいところに行きたいだろ？」

あぁ、本気なんだ。

本気で私を遊園地に連れて行ってくれようとしているんだ……。

「遊園地が嫌なら、別のところでもいい。お前が一番、行きたいと思えるところに行こう。可能な限り、希望を叶える」

嬉《うれ》しかった。

ついさっきまでイライラしてたはずなのに、一颯君を傷つけようとしたばかりなのに。

現金な話だ。

だからこそ、申し訳ないという気持ちが心の底から湧き出《で》てきた。

「お金、どうするの？　私は少ししか、持ってないよ」

「俺が出す。デヴィッドカード、持ってるから」

「……いくらあるの？　一颯君が思っている以上に高いと思うけど」

「十万以上はある。さすがに足りるだろ？」

……お小遣《こづか》いの額は私と変わらないはずだけど。

さすが、倹約家だ。しっかりしてる。

「まあ、チケットが取れるかは分からないが……ダメだったら、別のところにしよう。西の方に行ってもいいぞ」

「……」

「それで、どうする？」

一颯君は再度、私に問いかけた。

私は潤み始めた目を指で拭った。

そして笑みを浮かべる。

「もう、仕方がないなぁ。付き合ってあげる」

今日は一颯君の好意に甘えよう。

ここまで男気を見せてくれたのを、無碍《むげ》にするのも良くないしね？

「よし、行こうか！」

「うん！」

よし、行こう！

と、思ったところで一颯君は困った表情を浮かべた。

「あぁ、でも東京方面に行くとなると上りだから。一度電車、下りて乗り直さないとな」

「締まらないなぁ……」

※

「本当に来ちゃった……」

遊園地の入り口前で、愛梨はポツリと呟いた。

呆然《ぼうぜん》とした表情をする愛梨の横で、俺は携帯で時刻を確認した。

今は十時を少し過ぎた頃。

遊園地行きが決まったのは八時過ぎぐらいだったので、二時間程度で来れた。

計画通りだ。

「私、てっきり、各停でゆっくり行くんだと思ってた。……新幹線、使うなんて」

「どうせなら、早く着いて、長く遊びたいだろ？」

申し訳なさそうな表情の愛梨に俺はそう答えた。

せっかく遊園地まで来たのに、少ししか遊べないのはあまりにも勿体ない。

大体、お金が勿体《もったい》ないなら近場のゲームセンターで済ませれば良いだけの話だ。

「お金は……絶対に返すから」

愛梨は念を押すようにそう言った。

「別に気にしなくてもいいけどな。連れ出したのは俺だし」

「私が気にするの！」

普段はことあるごとにジュースを奢《おご》れだの、アイスを一つ寄越せだの（一箱に二つしか入ってないのに！）と図々しいくせに。

今日はやけに殊勝な態度だ。やはり弱っているのだろうか？

値段が値段だからかもしれないけど。

とはいえ、半分払わないと愛梨が楽しめないと言うなら払ってもらおう。

俺もその方が助かる。

しかし気になることが一つ。

「まあ、いいけど。……あるのか？」

俺は苦笑いしながら愛梨にそう尋ねた。

愛梨はお年玉とかは貯金せず、すぐに使うタイプだったはずだ。

「ま、まあ……来年の一月には……」

「気長に待っておくよ」

その時まで、覚えているだろうか？

まあ、元々全額出すつもりだったし、返ってこなくてもいいけど。

「さて、お金の話はもう、やめようか。俺も考えないから、お前も考えるな」

「……うん。分かった！」

俺が愛梨の手を握りしめると、愛梨は頷《うなず》いてから握り返してきた。

俺たちは手を繋いだまま、入場する。

中に入ってしまえば、そこはもう、夢の国だ。

「前来た時よりも人が少ないね。平日だからかな？」

「多分な。これなら、予定よりもいろいろ乗れそうだ」

できるだけ効率的に回るため、簡単な計画は新幹線の中で立てておいた。

とはいえ、あくまで計画。

「あ！　ヘアバンド売ってる!!　買っていこうよ」

「はいはい」

計画外のことも起きる。

早速、予定が外れたなと思いながらも俺は愛梨についていく。

「どう、可愛い？」

ヘアバンドを着け、頰に指を当て、首を傾け、はにかみながら愛梨は俺に問いかけた。

愛梨のいつもの〝ぶりっ子〟ポーズだ。

可愛いと答えるのは癪《しゃく》だが、今日は持ち上げてやろう。

「うん、可愛い」

俺がそう答えると、愛梨はご機嫌な様子で「じゃあ、これ買う！」と宣言した。

そして別のヘアバンドを手に取り、俺に差し出した。

「一颯君はこれね」

「えっ、いや、俺はこういうのは……」

こんなの男が着けても似合わない。

それに愛梨と揃《そろ》って着けるのは、何だかバカップルだと思われそうで嫌だ。

「ノリ悪いよ、一颯君」

愛梨はそう言って頬を膨らませた。

……正直嫌だが、仕方がない。

今日は愛梨が〝お姫様〟の日だ。〝お姫様〟の言うことは聞かなければいけない。

俺は渋々頭にヘアバンドを着けて、愛梨に尋ねた。

「……これでいいか？」

「うん、可愛い……ふふ」

「……今、笑っただろ」

「笑ってない、笑ってない」

笑いながら愛梨はそう答えた。

お前が着けろと言ったんだろうが……と、文句が口を出そうになる。

「はぁ。……まあ、いいよ」

とりあえず、愛梨の機嫌は良くなっている。

ここは俺が我慢しよう。

「じゃあ、アトラクション、行くぞ」

「うん」

ようやく、予定通りにアトラクションに乗れる。

と、思った瞬間、愛梨が広場にいた着ぐるみを指さした。

「あっ、いた‼　写真、撮ってこうよ‼」

「おい、急に走るな！」

あんな着ぐるみの何がいいのか、さっぱり分からない。

※

写真を撮り終えてから俺たちはようやくアトラクションの列に並んだ。

今日の主役は愛梨ということもあり、基本的には愛梨の好みに合ったアトラクションを中心に楽しんでいく。

途中、寄り道をしながらも（というのも愛梨がマスコットと写真を撮りたがったり、ポップコーンやチュロスを食べたがったりしたからだ）、三つほどのアトラクションを楽しんだ。

そして三つ目を乗り終えて、四つ目のアトラクションへと向かう途中。

「あっ、これ、昔乗ったやつだな」

ふと、俺は足を止めた。

それはいわゆるジェットコースター、絶叫系に分類されるタイプのアトラクションだ。

「……落ちるやつじゃん」

「昔、泣いたよな。お前」

幼い時のことを思い出し、俺は笑いながら言った。

乗りたくなさそうな愛梨に、俺が「あーちゃん、怖いんだ」と煽《あお》ったら、「怖くない！」と言い張ったので、乗ることになった……そんな記憶がある。

「な、泣いてないし……！」

ふるふると愛梨は首を横に振った。

それから愛梨は俺の顔を見上げた。

「どうした？」

「いや……乗りたいのかなって。一颯君、好きだよね。こういうの……」

愛梨とは違い、俺はこの手の絶叫系のアトラクションはそこそこ好きだ。

もちろん、愛梨は苦手なので、予定からは外していたのだが……。

「確かに好きだが……お前は苦手だろ？」

「否定しないけど……やっぱり、一颯君が好きなのも乗らないと……良くないじゃん？」

私が好きな物ばかり乗るのは、不公平。

と、そう主張したいのだろう。

「別に気を使わなくてもいいけどな」

「いや、ほら……私も、大人になったし？　もしかしたら、楽しく感じるかなって」

どうやらただ気を使っているというわけではなく、愛梨も興味があるらしい。

そういうことなら遠慮はいらないだろう。

「じゃあ、乗るか。……泣くなよ？」

「泣かないわよ！」

何だか、デジャブを感じるが……まあいいだろう。

俺たちはこのアトラクションに乗ることにした。

長い順番待ちを終えて、俺たちはマシンの最前列の席に乗り込んだ。

「少し濡《ぬ》れるかもな」

「まあ、いいんじゃない？　そこまで酷くないでしょう」

乗り物が人工的に作られた川の中を進み始める。

そして始まってすぐに、最初の落下が来た。

「ひぅ……」

隣から小さな悲鳴が聞こえた。

「大丈夫か？」

落下が終わってから、俺が尋ねると……。

「よ、余裕よ」

やや引き攣《つ》った顔で愛梨はそう答えた。

ガッシリと手で安全装置を摑み、ガチガチに体を硬直させているが……一応、大丈夫そうだ。

それからすぐに賑やかな音楽と、明るい景色が広がってきた。

「～♪」

メルヘンな雰囲気に愛梨はニコニコとご機嫌な様子だった。

それなりに楽しんでいるらしい。

昔は（幼稚園児くらいの時だが）これだけ楽し気な雰囲気の中でも「暗い！　怖い！」と泣き叫んでいたことを考えると、随分と成長している。

「思うんだけどさ」

「うん？」

唐突に愛梨に話しかけられる。

「これ、落ちる要素いる？」

「むしろ落ちるのが主だろ」

「えぇー」

俺と愛梨には若干の感性の違いがあるようだった。

そんなやり取りをしているうちに、マシンは何度か軽い落下を繰り返し……アトラクションは佳境に入っていた。

ゆっくりと、上へ上へと上昇していく。

「そろそろだな」

「……うん」

「大丈夫か？」

「別に、このくらい……」

上昇と共に愛梨の口数は少なくなっていく。

「きゃぁぁぁぁぁああああああ!!」

「お、おぉ⁉」

落下と同時、愛梨の甲高い悲鳴。

そして腕に柔らかい感触を感じた。

「ふ、ふぅ……ま、まあ、余裕だったわね」

落下を終えてからしばらくして、愛梨はそんなことを言った。

そんな愛梨の強がりに俺は思わず苦笑する。

「抱き着いてきたくせによく言うな」

「さ、最後だけよ！　それに思ったよりも高くて……びっくりしただけだわ。次は大丈夫よ」

「じゃあ、次はもう少し本格的なジェットコースターに乗ってもいいか？　乗りたいのがあるんだが」

「え？　あっ、それは、その……」

俺の問いに愛梨は怯《ひる》んだような表情を見せた。

必死に目を泳がせる。

そして良い言い訳を思いついたのか、得意そうな笑みを浮かべた。

「そうやって！　本当は私に抱き着かれたいんでしょ？」

「なっ……！　そ、そんなわけないだろ⁉」

つい先ほど、腕に感じた感触が生々しく蘇《よみがえ》ってくる。

俺は思わず顔を赤らめた。

「そんなこと言っちゃって。本当は役得だと思ったんでしょ？」

「……そんなことない」

いくら美少女とはいえ、姉弟のように育った幼馴染にそんな思いを抱くはずがない。

……胸がドキドキするのはきっと、アトラクションのせいだろう。

「あれ？　今、間が合ったけど？」

「……」

「やーい、えっち！」

後で騙《だま》して、一番怖いアトラクションに乗せてやろうと俺は決意した。

※

それから俺たちはいろいろとアトラクションに乗ったり、食べ歩きをしたり、パレードを見物したりして……

気付けば夜になっていた。

これで最後にしよう。

そう決めたアトラクションを乗り終えた後、愛梨は……

「だ、騙された……!!」

憤慨した様子でそう言った。

怒りながらも、腰が抜けてしまっている様子で、俺の腕にしがみ付いている。

「いや、でも夜景は綺麗だっただろ?」

「あ、あんな高いところから落ちるなんて、聞いてない!」

このアトラクションは綺麗な夜景が見れるらしいぞ。

と、愛梨をそそのかして絶叫アトラクションに乗せてみたのだ。

一応、塔の最上階まで上昇してから一気に垂直落下するというようなアトラクションなので、途中で見れる夜景が綺麗なのは嘘ではない。

「し、しかもホラーとか……」

「お前、こんな遊園地のホラーが怖いのか?」

「こ、怖くないし!」

そんなやり取りをしながら、写真をもらいに向かう。

一部のアトラクションでは、写真を撮影してくれたりするのだ。

例えば正午に乗った水に濡れるジェットコースターも同様で、写真も購入した。

「う、うーん……写真写り、悪いなぁ……」

撮影された写真を見て、愛梨は眉を顰めた。

そこには恐怖で引き攣った顔を浮かべながら、俺に抱き着いている愛梨が写っている。

「じゃあ、もう一度撮るか?」

「い、いいよ……」

愛梨は首を左右に振った。

とりあえず、二枚――それぞれ一枚ずつ――を購入し、俺と愛梨は建物から出た。

すでに辺りは暗くなっている。

もっとも、街頭や建物の灯りもあり、薄暗い程度で収まっているが。

「今のところママ……お母さんとお父さんから連絡はないけど。そっちは？」

「俺も特にないな。まだバレてない……と思う」

学校には風邪で休むと伝えた。

そして両親には「予備校で自習してから帰る」と伝えてある。

前と同じ手法だが、今のところバレていないらしい。

「じゃあ、もう少しいられる？」

「そうだな。パレードかイベントでも何かやってたら、見るか」

とはいえ、一応すぐに帰れるようにとゲートの近くに向かうことにした。

途中、夕食代わりにチュロスを購入する。

「一颯君、あーん。……どう、美味《おい》しい？」

「美味しい、美味しい。……お前も食べる？」

「うん！」

互いに味の異なるチュロスを食べさせ合ったりする。

そして丁度、食べ終わるのと同時に……

「おっ……！」

「わぁ……！」

空に花火が上がった。

できるだけ見えやすい場所へと移動する。

花火が上がるたび、暗闇《くらやみ》が僅かに明るく照らされる。

「……一颯君」

「ん？」

「今日は……ありがとうね。楽しかった」

そう言って愛梨は笑顔を浮かべた。

花火の光で照らされた愛梨の笑顔が、やはり花火よりもずっと綺麗だった。

「どういたしまして」

俺は小さく微笑んで、そう返した。

俺は愛梨の笑顔が好きだ。

ずっと、昔から。

だから笑顔ではない愛梨の顔はあまり見たくなかった。それだけの話だった。

それに恩返しでもある。

「……昔さ」

「昔？」

「小学生の頃、俺が引きこもったこと、あったろ？」

「引きこもった……？　あぁ……三日間、仮病使ったやつ？」

小学生の頃、俺は登校拒否をしたことがある。

と言っても、別にいじめられてとか、そういう理由ではない。

ただ……単に楽しくなかったからだ。

とっくに理解している内容の授業を聞かされるのも、知っているのに知らないフリをするのも、いまいち話の合わないクラスメイトと仲良くするのも、面倒くさかった。

数少ない時間が、どうにも意味が感じられないことに浪費されるのが、嫌だった。

それだけの話だ。

「あの時、行きたくないなら行かなきゃいいって……一緒にサボってくれただろ？」

「……」

「俺はあれが嬉しかったよ」

今にして思えば、当時の俺は大変な〝良い子〟で、良く言えば真面目《まじめ》で、悪く言えば容量が悪く、不器用だった。

守れと言われたルールは守らないといけないと思っていたし、クラスの人とはみんな仲良くしたいといけないと思っていたのだ。

もちろん、苦もなくそれができる人間もいるだろうが、俺はそういうことができる人間ではなかったのだろう。

やる意味が感じられないこと、効率が悪いことはやりたくないし、付き合う価値を感じられない人間とは、会話をするのも嫌だった。

今はそういう気持ちに正直に生きることで、かなり楽になった。

いろいろと俺の中で考えの変化があったのはもちろんだが、切っ掛けは愛梨の言葉だった。

行きたくないなら、行かなきゃいい。

だから愛梨をデートに誘った。

「……？」

しかし俺の告白に対して愛梨は不思議そうに首を傾げた。

「そんなこと言ったっけ？」

「……だと思ってたよ」

俺は肩を竦《すく》めた。

俺にとって重要なことでも、愛梨にとって重要なこととは限らない。

幼馴染といえども、他人同士なのだから仕方がない。

「まあ、つまり大きな借りがあるということだ」

「へぇー……私はいつも、一颯君に助けてもらってばかりと思ってたんだけどなぁ……」

少し困惑した表情で愛梨は自分の頰を掻いた。

自分が覚えてもいないようなことで感謝されるのは、いろいろと気恥ずかしい様子だった。

それから俺たちはじっと、花火を見上げ続けていた。

花火が上がるたびに周囲から歓声が上がったりしたが……しかしそれは徐々に聞こえなくなっていった。

気が付くと、周囲はとても静かになっていた。

遠くで花火の音だけが聞こえる。

「……綺麗だね」

「そうだな」

気が付くと、愛梨は自分の頭を俺の肩に乗せていた。

気が付くと、俺は愛梨の肩を抱いていた。

互いに体と体を寄せ合い、熱を感じ合う。

「ねぇ」

「あのさ」

同時に声が上がる。

しばらくの沈黙。

それから互いに見つめ合う。

俺が照れ隠しで笑みを浮かべると、愛梨もはにかんだ。

互いに相手が何を言おうとしたのか、言わずとも分かった。

俺たちはゆっくりと、互いの距離を近づけた。

そして……


唇と唇が触れた。

※

「お土産、買いたかったなぁー」

帰りの新幹線で、愛梨は嘆きの声を上げた。

気持ちは分からないでもないが……。

「買ったらバレるだろうが」

俺は苦笑しながら愛梨に、自分に言い聞かせるように言った。

今回は親に黙って遊びに行ったのだ。

極力、物証は残したくなかった。

……ついでに俺の財布の事情も厳しかった。

愛梨はお金を持っていないので、後で立て替えてくれるにしても一時的に俺が支払うことになる。

俺の貯金はすっからかんだ。お土産を買う余裕はない。

もっとも、男の見栄と愛梨に申し訳ないと思われたくないので、胸に秘めたが。

「写真も見つからないようにしろよ」

「分かってるって」

さすがに制服で写っている写真は誤魔化しようがない。

今回のデートは二人だけの秘密だ。

「……あのさあ」

「何だ？」

「あの、ことなんだけど……」

愛梨は自分の唇を指で触れながら、そう言った。

俺は体がカッと熱くなるのを感じた。

あの時の感触は、まだ唇に残っている。

愛梨の顔も僅かに赤らんでいた。

「雰囲気って……怖いね」

「そう、だな……」

あの時、特に俺は何も考えていなかった。

何となく、したいなと思ったのだ。

そして愛梨も同じような気持ち……だと思った。

だからした。

その場の勢いだった。

「夢、見てたような気分だったもん」

「言い得て妙だな」

「うん、だからさ……」

「うん」

「あれは、夢だったということで……」

少し気まずそうに、気恥ずかしそうに、愛梨は言った。

俺は頷く。

「その方がいいな」

俺もまた、いまいち、自分の感情に整理がついていなかった。

ただ、その場に流されただけか。

性欲か。

それとも、もしかして……と。

「でもさ」

「うん」

「また、したくなったらしてもいいか？」

「えぇ？」

俺の問いに愛梨は困惑の声を上げた。

それから俯《うつむ》き、もじもじとしてから、俺の顔を上目遣《うわめづか》いで見上げた。

「ま、まあ……私の許可を取るなら」

その顔はとてつもなく、可愛かった。

「そうか。じゃあ……」


――キスしても、いいか？――


俺は言った。

愛梨は大きく目を見開いた。

「え、えぇ!?」

「まだ、寝惚けてるみたいでさ」

俺は軽く額に手を当て、冗談交じりの声でそう言った。

すると愛梨は小さく笑みを浮かべた。

「もう、仕方がないなぁ……」

クスっと笑い、愛梨は俺の手に自分の手を被《かぶ》せた。

そして逆上《のぼ》せ上がった表情を浮かべた。

「私も、まだ寝惚《ねぼ》けてるのかな？」

「じゃあ、お互いに目を覚まさないとな」

「そうだね。じゃあ……お願い」

愛梨は軽く目を瞑《つむ》った。

俺は愛梨の肩を軽く摑んだ。


そしてキスをした。


なお、後日、愛梨のうっかりで写真が見つかり……

俺たちはこっぴどく怒られた。

※

「あぁ!!　何が『私も、まだ寝惚けてるのかな?』よ!!」

私——神代愛梨はベッドの上で悶えながら叫んだ。

つい、先日のこと。

私は一颯君に誘われ、デートに行き、そして帰りに唇を奪われた。

「あ、あれじゃあ、私が一颯君のことが好きだと……」

勘違いされちゃう。

と、言おうとして私は口を噤《つぐ》み、唇に触れた。

あの時の感触が蘇り、体がカッと熱くなる。

「バレちゃうじゃん」

一颯君のことを〝ただの幼馴染〟だとは、今更言えない。

だって、〝ただの幼馴染〟に四回もキスしないから。

〝ただの幼馴染〟にキスしたいなんて思わないから。

キスしたいと言われて、それを簡単に許したりしないから。

だからきっと、私は一颯君のことが好きなのだろう。

好きじゃない人にこんなことをしたいとは思わないし、何より一颯君以外の男の子とはしたいとは思わないから。

論理的に考えれば、私は一颯君のことが好きなのだ。

「……なんか、思ってたのと違う」

恋したら何かが劇的に変わるのかと、ちょっと期待していたのだけれど……。

一颯君への印象が何か変わったかと言われれば、そんなことはない。

一颯君は一颯君だ。

昔からカッコ良くて、頭が良くて、運動もそこそこできて、何だかんだで私の我儘《わがまま》を聞いてくれて、私のことを何よりも大切にしてくれて、そして一緒にいると楽しい人だ。

ほら、やっぱり何も変わらない。

…………………

…………

……

「……だ、ダメかも」

私は熱くなった顔を枕《まくら》に埋めた。

一颯君のことを考えるだけで、心臓がドキドキしてしまう。

手を繋ぎたい。

頭を撫でて欲しい。

抱きしめて欲しい。

キスしたい。

「……えっちしたい」

お臍《へそ》の下から湧き出るようなグツグツとした欲望と、そして耐えきれない切なさに私は太腿《ふともも》同士を擦《こす》り合わせた。

だめ、思考がまとまらない。

「……よし」

私はベッドから立ち上がると、自室のドアに向かった。

内鍵《かぎ》を閉めてからベッドに戻り、毛布を被る。

それから携帯の写真フォルダを開く。

その中には最近食べたスイーツの写真などと交ざるように、一颯君の写った写真もあった。

二人のツーショットもあれば、嫌がる一颯君を無理矢理撮った写真、そして私がこっそり撮った写真もある。

「これ、いいかも……」

少し前の体育祭、二人三脚をした時の写真。

お互いに足を紐《ひも》で結び、肩を組み、ピースをしている姿がそこには写っていた。

あの時の体温。

体操服越しでも分かる、一颯君の硬い筋肉。

そして汗の匂い。

それを思い出しながら、私はショーツに手を伸ばした。

※

「ふぅ……」

一時間後、私は毛布から這《は》い出た。

「……すごく、よかった」

私はかつてないほどの、心地よい疲労感に包まれていた。

ほんの少しだけ罪悪感が心に浮かんだが……。

しかし冷静に考えると、一颯君はデート中に体の一部を硬くするような不埒《ふらち》な男だ。

消費したって問題ない。

よし、今度はアルバムを漁《あさ》ろう。幼馴染の特権だ。

「しかし暑いわね」

私は汗でビショビショになったキャミソールを指で摘まんだ。

途中、あまりに暑かったので、上着を脱いでキャミソールだけになったのだけれど、それでも暑い。

とりあえず、暖房を切る。

しかしそれでもまだ暑い。それに空気自体が淀んでいる気がする。

あと、ちょっと匂う。

「空気、入れ替えるかぁ……」

私は部屋のドアを開け、それから窓も開け、シャッターを上げた。

瞬間、涼しい風が部屋の中に吹き込んできた。

「ふぅ……気持ちいい……？」

そして一颯君と目が合った。

「「わぁ!!」」

び、びっくりした!!

私は思わず飛び退《の》いた。

私と一颯君の部屋は向かい合わせの位置関係にあるので、窓を開けて顔を合わせること自体に驚きはないが……

タイミングが悪い！

「ど、どうして窓なんか、開けてるの？」

夏ならともかく、こんな寒い日に！

私の問いに一颯君は気まずそうに目を逸《そ》らした。

「そ、それは……」

ま、まさか、盗み聞きしてたんじゃ……。

い、いや、声は抑えてたはずだし！　何より、窓は防音性だし、シャッターもあるから、音は漏れないはず……。

「か、換気だよ。換気……」

なぜか、一颯君は私と目を合わせなかった。

やましい理由でもあるのだろうか？

「ふ、ふーん」

「そういうお前は？」

「私も換気よ」

そう答えてから、私はふと思った。

これ、私の部屋の匂い、そっちに流れ込むんじゃ……。

「そ、そうだ！　一颯君!!」

〝換気〟も終わっていないのに窓を閉めるのも不自然なので、私は強引に話題を作り、意識を逸らすことにした。

「な、何だよ」

「勉強のことなんだけどね」

私がそう切り出すと一颯君は真面目な顔になった。

そんな顔をされると、話題を作る程度の気持ちで切り出したこっちが申し訳なくなる。

「いろいろ考えたけど、文転することにしたの」

「……文転？」

私の言葉に一颯君は怪訝《けげん》そうな表情を浮かべた。

一颯君にとっては突然のことだったのかもしれない。

でも、私は前から考えていたことだった。

「私、文系科目の方が得意だから」

そして理系科目はそんなに得意じゃない。

今までは無理して頑張ってきたけど、今回の件でよく分かった。

私に理系は向いてない。

「いいのか？　お前、お父さんの……」

「ただの見栄と義務感だったから」

別に私は医者になりたいわけじゃなかったし、そこまで医者という職業に憧《あこが》れを抱いていない。

ただ親の職業がそうだから、私もその跡を継ぎたいという曖昧な気持ちと、一颯君への対抗心から目指していただけだ。

これからずっと、頑張り続けられるような動機じゃない。

「それに文系なら、一颯君と同じ大学に行けるかもしれないし」

これからもずっと、一颯君と一緒にいたいから。

一颯君のことが好きだから。

好きな事をして、好きな人と一緒にいたい。

それが私の正直な気持ちだ。

「そうか。そう、だったか……」

私の言葉に一颯君は大きく目を見開いた。

そして複雑そうな表情を浮かべながらも、頷いた。

「じゃあ、お互い頑張ろうか」

「うん！」

私は笑顔を浮かべながら頷いた。

しかし一颯君は何か、言いた気な雰囲気だ。

……何だろう。

「と、ところで、愛梨」

「……何⁉」

「お前、普段……一人の時はそんな恰好、してるの？」

一颯君は目を逸らしながらそう言った。

そんな恰好……？

一颯君に指摘され、私は自分の恰好《かっこう》を見下ろした。

キャミソールとショーツ。それだけ。

「きゃっ！」

私は思わず両手で体を隠した。

それからしゃがみ込み、慌てて一颯君の視線から外れる。

「み、見た⁉」

「な、何を？」

「し、下……」

私はそう尋ねた。

ショーツ、それもいろいろと酷い状態になっているそれを見られたなら……

一颯君を殺して私も死ぬしかないかもしれない。

「下？　え、お前……パンツ穿《は》いてないのか⁉」

「は、穿《は》いてるわよ‼」

さすがにそこまで痴女じゃない。

「じゃあ、下って……」

「いいの！　見てないなら!!」

この様子だと、私がスカートを穿《は》いてないのはバレていないようだ。

致命傷はギリギリ回避できたと見ていいだろう。

「と、とりあえず、閉めるから！　また、明日、学校ね！」

「お、おう!!」

私は強引に会話を打ち切り、シャッターを下ろした。

それから窓を閉める。

「びっくりしたぁ」

余計に汗を掻いてしまった。

私は心臓が落ち着くまで、深呼吸をする。

「……もっと見せても良かったかも」

落ち着いたせいか、そんな欲求が頭をもたげてきた。

一颯君にもっと、私を見て欲しい。

あのクールな幼馴染を狼狽《ろうばい》させたい。

夢中にさせたい。

「一颯君、絶対に私のこと、好きよね?」

当然だ。

私が好きなのだから、一颯君も好きに違いない。

そもそも、あの時「キスしたい」って言い出したのは一颯君だ。好きじゃない子とキスなんてしたいと思わないだろう。

九分九厘、私のことが好きと見て良い。

「ということは両想《おも》い。恋人同士……」

とは、言えない。

だって、お互い好きって言ってないし。

交際しようとも言ってない。

宙ぶらりんな関係だ。

でも、もしかしたら一颯君は私のこと、恋人だと思っているかもしれないけど……。

「私たち、恋人同士だよね? ……いや、聞けないでしょ」

脈絡がなさすぎる。

それにもし……

違うって、言われたら。

私は慌てて首を左右に振った。

「そんなことない。絶対に一颯君は私のことが好き。だから……」

もし、告白したら……。

〝好きです。付き合ってください？〟　〝え？ 俺のことが好き？　仕方がないなぁ、付き合ってやるよ〟

……ムカつく。

「私が頼むのはおかしいでしょ⁉」

それじゃあ、私が一颯君に夢中になっているみたいだ。

もし私から交際を申し込んだら、きっと一生「お前から頼んだんだろ？」と擦《なす》り続けるに違いない。

だって、私ならそうするもん。

「一颯君から告白させなきゃダメね」

それも一回じゃダメ。

できれば二回断って、三回目で受けるのがベスト。

三国志にも書いてある。

三顧の礼だ。

「よし、作戦を考えましょう」

でも、その前に……。

もう一回、スッキリしてもいいわよね？

※

「あぁー、びっくりした」

俺──風見《かざみ》一颯は胸を撫で下ろした。

〝換気〟のために窓を開けたら、キャミソール一枚の幼馴染が現れたのだ。

寿命が縮んだ。

「別に諦《あきら》めなくてもいいと思うんだけどなぁ」

試験の出来が悪くて落ち込んでいると思ったら、いきなり文転。

正直、驚いた。

でも、愛梨は「決めた」と言った。

〝相談〟ではなく、〝報告〟である以上、俺から言えることはない。

……ライバルとして、張り合いが少しなくなるのは残念だけど。

「しかし……えろかったな」

脳裏に先ほどの愛梨の姿が思い浮かぶ。

普段と違い、生活感がある感じで……ちょっと背徳的だった。

「全く、無防備な姿を晒《さら》しやがって……」
おかげで、ついさっき収めたはずの体の熱が、再び湧き上がってきた。
もっとも、これ以上は体に悪い気がするので、我慢するが……。
「いつから、あんなに可愛かったっけ？」
笑っている姿が可愛い。
怒っている姿も可愛い。
拗ねている時も可愛い。
ちょっと怖がっている時も可愛い。
無防備なところも可愛い。
生意気なところも可愛い。
キスしている時は、とてつもなく可愛い。
全部可愛い。
そんな愛梨が……好きだ。
「……でも、あいつも俺のこと、好きだよな？」
最初にキスをしようと言い出したのは愛梨だ。
二回目は愛梨の方からキスしてきた。
三回目はお互い、したいからした。

四回目は俺から頼んだが、受け入れたのは愛梨だ。

好きじゃない男とキスなんか、しないだろう。

「もっと、キスしたいな……」

手も繋ぎたいし、頭も撫でたいし、抱きしめたい。

あの白くて滑らかな肌をもっと触りたい。

その柔らかい体に全身で感じたい。

そしてもっと、愛梨の蕩《とろ》けた顔が見たい。

あの生意気な顔を蕩けさせたい。

「……もう、恋人みたいなものだし。してもいいよな？」

四回もキスしたんだ。

これで恋人じゃないとは言えない。

もちろん、お互いにまだ〝好き〟とは言えてないので宙ぶらりんだが。

「俺たち、もう恋人だよな？　……いや、これはダメだな」

多分、あいつは認めないだろう。

認めない上で、図々しく俺に頭を下げさせようとするはずだ。

〝え？　一颯君、私のこと恋人だと思ってたの？　ごめんね、勘違いさせて。そんなつもり、なかったの。あ、でも？　一颯君がどうしても、どうしてもと言うなら……恋人になってあげるわよ？〟

こんな感じで。

「やっぱり、生意気なところはイライラするな」

調子に乗らせちゃダメだ。

特に最初は肝心だ。

最初にどっちが上か、分からせてからじゃないと。

愛梨が言い逃れできない、そういうシチュエーションで確かめないといけない。

「でも、あいつ、強情だからなぁ……」

どうやって、愛梨に恋人だと認めさせるか。

俺は方策を練るのだった。

あとがき

お久しぶりです、桜木桜です。

「キスらせ」第二巻は楽しんでいただけましたでしょうか。私としてはラストのオチも含めて良い出来になったかなと思っています。

せっかくなのでネタバレを含めない程度に裏話みたいな話をさせていただきたいと思っています。

今回の二巻では一颯《いぶき》君の過去エピソードを入れようかなと思っていました。ただ盛り上がりに欠ける過去編だったので、入れるとテンポが悪くなるかなと考え、没にしました。また二巻は愛梨《あいり》の気持ちがメインでもあったので、流れとして少し不自然になってしまうかなと。

一颯君の過去エピソードは一颯君がメインの巻になった時に、あらためてやろうと思っています。

実は一颯君には壮絶な過去……はありませんが、彼は彼で複雑な気持ちを抱いています。次はそこに焦点を当てた話を書きたいなと……売上次第ではありますが（笑）。

ではそろそろ謝辞を申し上げさせていただきます。

本作のイラストを担当してくださっている千種みのり様。この度も素晴らしい挿絵、カバーイラストを描いてくださり、ありがとうございます。

またこの本の制作に関《かか》わってくださった全《すべ》ての方、何よりこの本を購入してくださった読者の皆様にあらためてお礼を申し上げさせていただきます。

それでは三巻でまたお会いできることを祈っております。

ファンレター、作品の
ご感想をお待ちしています

〈あて先〉

〒106－0032
東京都港区六本木2－4－5
SBクリエイティブ（株）
GA文庫編集部 気付

「桜木桜先生」係
「千種みのり先生」係

本書に関するご意見・ご感想は
右のQRコードよりお寄せください。

※アクセスの際や登録時に発生する通信費等はご負担ください。

https://ga.sbcr.jp/

「キスなんてできないでしょ？」と挑発《ちょうはつ》する生意気《なまいき》な幼馴染《おさななじみ》をわからせてやったら、予想以上《よそういじょう》にデレた2

発　行　　2023年9月30日　初版第一刷発行
著　者　　桜木桜
発行人　　小川　淳

発行所　　SBクリエイティブ株式会社
〒106−0032
東京都港区六本木2−4−5
電話　03−5549−1201
03−5549−1167（編集）

装　丁　　AFTERGLOW

印刷・製本　中央精版印刷株式会社

ISBN978-4-8156-1875-9
Printed in Japan　　GA文庫

試読版は
こちら!

試読版は
こちら!
入部届

ダンジョンに出会いを求めるのは間違っているだろうか19

著：大森藤ノ　画：ヤスダスズヒト

GA文庫

「学区が帰ってきたぞぉぉぉ!!」

　美神の派閥《フレイヤ・ファミリア》との戦争遊戯《ウォーゲーム》が終結し、慌ただしく後始末に追われる迷宮都市《オラリオ》に、その『船』は帰港した。『学区』。ギルドが支援する、移動型の超巨大教育機関。ひょんなことから学区に潜入することとなったベルだったが、ある人物と似たハーフ・エルフの少女と出会う。

「私、ニイナ・チュールっていうの。よろしくね、ラピ君！」

　様々な出会い、『騎士』との邂逅、そして学園生活。新章とともに新たな冒険が幕を開ける迷宮譚十九弾！

　これは、少年が歩み、女神が記す、──【眷族の物語《ファミリア・ミィス》】──